D E A R + N O V E L

不実な男

久我有加
Arika KUGA

新書館ディアプラス文庫

S H I N S H O K A N

不実な男

目次

イラストレーション／富士山ひょうた

不実な男

お化(ば)け屋敷に入ろう。

恋人にそう提案したのは、柾木伸彦(まさきのぶひこ)だった。

大学時代の友人の紹介で知り合った石居重美(いしいしげみ)とは、付き合って一年ほどになる。伸彦は二十六歳で、彼女は一つ年下だ。重美とは今まで一度も派手(はで)な喧嘩(けんか)をしたことがない。別れたいと思ったこともない。重美はわがままを言わないおとなしい女性で、付き合いは至って順調だった。

そろそろ結婚したらどないや。――そう言ったのは、失恋して落ち込んでいたという重美を紹介してくれた男友達だ。重美は彼の恋人の同僚だった。

柾木君、今のカノジョと長いんやろ？　そろそろ結婚したら？　――そう言ったのは職場の上司である課長だ。伸彦は中規模都市にある市役所の観光課に勤めている。課長は仲人(なこうど)がしたくて仕方がないらしく、課で唯一(ゆいいつ)の独身である伸彦に狙いを定めているのだ。

せやな。そろそろ結婚しよう。

伸彦もそう思った。

付き合って一年で結婚。早くも遅くもない。彼女と自分の年齢を考えても妥当(だとう)だ。

重美の二十五歳の誕生日にプロポーズしようと伸彦は決心した。そして若い女性に人気だというダイヤモンドの指輪を購入した。値段は七十万円。給料約三ヵ月分である。こちらも妥当だ。プロポーズの場所は夜景がよく見える展望台に決めた。初めてデートをした遊園地へ出かけ、日が暮れる頃に展望台へ上ってプロポーズすれば申し分ないだろう。

そして今日、重美の誕生日。伸彦は重美と遊園地にいる。

空は青く晴れており、雲ひとつない。七月の頭とあって梅雨明けはまだだが、きつい日差しには既に夏の気配が漂っている。日曜とはいえ夏休みには間があるせいか、遊園地はそれほど混んでおらず、快適だ。

しかしいつも笑顔を絶やさない重美が、今日に限って表情が硬かった。もともとおしゃべりな女性ではないけれど、極端に言葉が少ない。具合でも悪いのかと尋ねると、大丈夫という答えが返ってきた。が、彼女がデートを楽しんでいないことは明白だった。

よりによってプロポーズしようとしてる日に、何でや。

重美には一日に一回はメールを送っている。仕事で疲れているという彼女を気遣って、先週のデートは早めに切り上げた。三月のホワイトデーには、ほしがっていたアクセサリーを贈った。この一年、そうしたイベントの際には必ず何らかのサプライズを用意した。もちろん浮気など一度もしていない。

重美が不機嫌になる理由が、伸彦にはさっぱりわからなかった。だから言ったのだ。お化け屋敷に入ろう、と。気分を変えるためには、生半な乗り物に乗るよりいいと思った。

「伸君、お化け嫌いやなかったっけ？」

重美がほんの少しではあるが笑ったので、伸彦は内心ほっとした。

「別に嫌いやないで。ただほら、今は仕事のことがあるから」

「ああ、から傘おばけのカラサちゃん」

『カラサちゃん』は十一月に予定されている、市主催のイベントのイメージキャラクターだ。閉じたから傘に目がひとつ、口からべろりと垂れた赤い舌。柄は一本足になっていて、その足に一本歯の高下駄を履いている――いわゆる「から傘お化け」をデフォルメし、シンプルにデザインしてある。見方によっては不気味なのだが、これがかわいいとなかなか評判なのだ。

イベントといっても、早い話が物産・観光展である。毎年行われている行事だが、今年は市政五十年記念とやらで、いつもより規模が大きい。大きいだけでなく今までにないことをしようという話になり、観光課がその企画運営にあたることになった。

そこで目をつけられたのが、から傘お化けの伝承である。江戸時代に地場産業として和傘が作られていたせいか、から傘お化けの言い伝えが市内に残っていたのだ。人をさらうでもない、食うでもない、災いをもたらすこともない。ただ跳ねたり踊ったりして人を驚かすだけの、他愛ないお化け。その人畜無害さとユーモラスさが功を奏し、イベントのキャラクターに抜擢されたのである。

「いつのまにかお化け関係の担当になってしもてて。商工会とかとのやりとりも大変そうやけど、こっちはこっちで郷土史家にお化けの講釈聞かされたりして、けっこう大変や」

冗談めかして言って肩をすくめてみせると、重美はクスクスと笑った。

仕事で嫌なことや大変なことがあっても、伸彦は彼女に愚痴を言ったことがない。女性に愚痴を言うのは男としてみっともない。そう思ったから、冗談まじりでしか話したことがなかった。

「このお化け屋敷、人がお化け役やってるらしいねん。きっと本格的やで。あ、重美怖いの苦手やったっけ」

ふっくりとした顔を覗き込むと、重美は首を横に振った。

「得意やないけど、おもしろそうや」

「そしたら入ろか」

重美が頷いたのを確認し、伸彦は彼女の手をさりげなく握った。拒絶されなかったので、手をつないだまま歩き出す。

これで機嫌直ってくれるとええけど。

空いた方の手で、ジーンズのポケットにしのばせた指輪のケースを撫でる。一年間付き合ってきたのだ。今更つまずきたくない。結婚すると決めた今、できるだけ早くしてしまいたい。

お化け屋敷は遊園地の北の端にあった。入口に掲げられた大きな看板に、柳の下にたたずむ白い着物姿の女性が劇画調で描かれている。彼女を見て悲鳴をあげる男たちも描かれており、彼らはちょんまげを結っていた。どうやら江戸時代の設定らしい。

入口の横にある券売所で券を買っていると、キャー、という悲鳴が微かに聞こえてきた。女性同士で入っているらしく、キャーキャーとひっきりなしに悲鳴があがる。

「かなり怖いみたいやな」

黙って待っている重美を振り向き、伸彦は明るい口調で言った。彼女は曖昧に笑う。

かわりといってはなんだが、江戸の町娘風の格好をした券売員の女性がニッコリ笑った。

「カップルで入られると、より親密度が増しますよー。ただし、男性はしっかり女性を守ってあげてくださいね」

明るい物言いに、もちろんですと応じた伸彦は、再び重美の手をとった。

「行こか」

うん、と素直に頷いた彼女の手を引き、お化け屋敷へと足を踏み入れる。

急に暗い場所へ移動したせいか、一瞬、目眩を感じた。冷房が入っているのだろう、ひんやりとした空気が全身を包み込む。

重美を庇うようにしてそろそろと奥へ進むと、ふいに、お恨み申します、と囁く女の声が聞こえてきた。

何故私を殺めたのですか……。あの女と暮らすのに、邪魔になったからですか……。

仕掛けはひとつもなかった。ただ、お恨み申します、とくり返す声だけが大きくなってゆく。

ふいに笑い声とも泣き声ともつかない狂気じみた声が辺りに響いた。かと思うとピタリと止まる。

特別怖いとも思わず、迫力あるなあ、などと感心していると、白い着物を着た幽霊がうなり声をあげながら飛び出してきた。きゃ、と重美が短い悲鳴をあげる。

この場合、やっぱり男の俺が庇わな。

そう思った伸彦は、咄嗟(とっさ)に重美の肩を抱き寄せた。

「大丈夫か？」

声をかけた途端、なぜか強い力で突き飛ばされた。しがみつかれることはあっても、突き飛ばされるとは思っていなかったので堪(こら)えることができない。

伸彦はお化けにぶつかり、お化けもろとも倒れた。下敷きになったお化けが、ぐえ、と妙な声をあげる。

「そういうとこが嫌やねん！」

ヒステリックに怒鳴られて、打ちつけた肘(ひじ)の痛みに顔をしかめつつ重美を見上げる。暗くて表情がよくわからない。

「伸君、私のこと好きちゃうやろ！　優しいするんも気ぃ遣うんも、女の子にはそうせなあかんからしてるだけや！　そういうの、もう嫌やねん！　バカにして！」

今までにない激しさでそこまで言うと、重美はこちらをにらみつけた。薄闇の中でも、視線のきつさだけははっきりと伝わってくる。

「私のこと、ちゃんと好きになってくれる人ができてん。伸君みたいに優しいないけど、彼はほんまの私を見てくれる。せやから伸君とはもう別れる。二度と顔見せんといて」

言うなり、重美は入口の方へ駆け出した。後から来た女性グループが、お化けではなく重美に驚いて悲鳴をあげる。そして今度は地面に座り込んでいる伸彦と、伸彦の下敷きになっているお化けを見て、また派手な悲鳴をあげた。場所が場所だけに、目にするもの全部が恐ろしく見えるらしい。悲鳴をあげながら互いに手を取り合い、奥へと進んでゆく。

伸彦はその様をぼんやりと見つめた。

私のこと好きちゃうやろ！

重美の声が耳の奥で何度もリフレインしている。

……俺は重美と結婚するつもりやったんや。今日プロポーズするつもりやった。指輪かて買うた。それやのに他に男がおったて、別れるて、何で。

ショックだった。口もきけないぐらいに。

一方で、頭のどこかでもう一人の自分が囁く声がした。

やっぱりおまえには結婚なんか無理なんや。重美はちゃんと見抜いてた。

おまえの本心を。本質を。

「あのー、追いかけんでええんですか」

小声で尋ねてきたのは、伸彦の下敷きになったままのお化けだった。長髪の鬘をかぶっていたので女性かと思ったが、若い男のようだ。しかも体格がいい。突き飛ばされた体を受けとめてくれた胸板には、しっかりと筋肉がついている。

仲彦は慌てて彼の上から退いた。

「すんません、怪我は？　大丈夫ですか？」

「や、俺は大丈夫ですけども」

のほほんと答えた彼の顔を間近で見て、わっと仲彦は声をあげた。白い顔の半分が真っ赤に染まっている。

「血っ、血が！」

「ち？」

鸚鵡返した男は自分の顔を触って、ああ、と頷いた。かと思うとニッコリ笑う。顔半分を赤に染めて笑われると、本当なら爽やかなはずの白い歯列がかなり怖い。ホラー映画の一場面のようだ。

「これ、メイクです。俺お化けやから」

「あ、そおか……、ここお化け屋敷やもんな……」

気の抜けた声で言うと、彼はおかしそうに笑った。しかしすぐ心配げに覗き込んでくる。

「お客さんは怪我ないですか？」

「ああ、大丈夫」

慌てて立ち上がろうとすると、左の膝に鋭い痛みが走った。つ、と思わず声をあげる。突き飛ばされた拍子に捻ってしまったらしい。

「足ですか？」

「や、大丈夫やから」

「大丈夫なことないでしょう。こら追いかけるんは無理やなあ。ちょっとこっちへ」

のんびりとした物言いなのに、なぜか口を挟む隙が見つからなかった。抗う間もなく男が脇に肩を入れてくる。

いとも簡単にひょいと持ち上げられ、わ、と伸彦は再び声をあげた。身長百七十センチの伸彦を軽々と持ち上げるとは、相当力が強い。

「歩けますか？」

「あの、ほんまに大丈夫ですから。持ち場離れたらまずいでしょう。俺、自力で戻りますからお化けしてきてください」

「どっちみち交代の時間やから大丈夫です」

男はやはりのんびりと言う。伸彦は彼に導かれるまま歩いた。そうして並ぶと、男の方がかなり背が高いことがわかる。恐らく百八十センチはあるだろう。

男は黒い布で隠されていたドアを開ける。二人で外へ出ると、ごく普通の狭い廊下が左右に伸びていた。

上部に設けられた窓から降り注ぐ日差しに、伸彦は目を眇めた。暗闇に慣れていたせいで、やけに眩しい。廊下は蒸し暑く、一度はひいた汗がどっとふき出してくる。ここは冷房がきいていないようだ。

「彼女に電話かけはった方がええんとちゃいますか?」

後ろ手でドアを閉めつつ、男が遠慮がちに言う。ああ、と伸彦は間の抜けた声をあげた。反射のようにポケットを探って、ハッとする。――指輪のケースがない。

「落とし物ですか?」

「や、まあ、そうなんやけど……」

ポケットの中の手が、自然と止まった。

「けどもう、必要ないから……」

その言葉は自分でも驚くほどスムーズに口から出てきた。重美との関係が修復できないことを、伸彦自身、よくわかっていた。彼女が言ったこと全てが真実ではなかったが、一部は真実だったからだ。

俺は重美をバカにしたことなんかない。穏やかで優しい彼女を、バカにする理由がどこにある?

けれど重美でなければならなかったかと問われれば、答えはノーだ。

そう、確かにノーだった。

俺は、『結婚』がしたかっただけや。

重美と結婚したかったわけではない。――彼女を愛していたわけではない。

「何落とさはったんです」

やはりのんびりとした口調で問われて、男を見上げる。日の光の下で見ると、彼のメイクが本格的なものであることがわかった。顔全体が白く塗られているだけでなく、頬や目許に陰影がつけられている。唇は紫色で、顔の半分を覆う血の赤が毒々しい。長髪の鬘がメイクの恐ろしさを更に引き立てている。しかも白い着物の肩から腹の辺りが赤く染まっており、本物の血痕のように見えた。お化け屋敷の中は暗くて見えないだろうに、随分と凝っている。

思わずまじまじと見つめると、男は軽く首を傾げた。

「怖いですか？」

「や、本格的なメイクやなあ思て……」

「これ、一時間かかったんです」

男はさも嬉しそうに微笑む。恐ろしいメイクと笑顔の対比がおかしくて、伸彦はつい笑ってしまった。

刹那、目の奥が痛む。止める間もなく涙が一粒、頬にこぼれ落ちた。

わ、人前やのに。

慌てて手の甲で目許を拭い、早口で言葉を紡ぐ。

「急に明るいとこ来たから滲みたわ」

言い訳をしてから、仲彦は間を置かずに続けた。

「落としたん、小さいケースやねん。お客さんが踏んで怪我しはると危ないかもしれん」

「どんなケースです？」

涙を見せた仲彦をバカにする風もなく、男は真剣に尋ねてくる。もっとも、メイクのせいで表情そのものはよくわからないのだが。

「指輪のケースや。さっきの彼女に渡そう思てたん。せやからもういらんのやけど」

無理に笑いながら言ったそのとき、ロクロー、と呼ぶ声がした。

振り向くと、白い着物を着た男が歩いてくるのが見えた。肩を貸してくれている男より年長のようだ。彼の顔にも本格的なメイクが施(ほどこ)されている。

「どないした」

「お客さんが足挫(くじ)かはったんです。俺お化けやりがてらお客さんの落としもん探してくるんで、ヒラさん医務室連れてったげてくれますか。手当て終わってから交代してください」

「おう、そうか。わかった」

ヒラさんと呼ばれた男はあっさり頷く。それを確認して離れかけた男——ロクローという名前らしい——に、仲彦は慌てた。

「そんなひどい怪我ちゃうし、大丈夫です」

「どっちみち落としもん見つけなあかんでしょう」

「けどもういらんもんやから」

処分してくれはったら、と言いかけた言葉は、ロクローのかわりに肩を支えてくれたヒラさんに遮られた。

「まあまあ。医務室ゆうてもそない大層なもんちゃいますねん。遠慮せんと」

頭が割れ、そこから血が滴り落ちているメイクをしたヒラさんはニコニコと笑う。その間に、ロクローはもと来た廊下をスタスタと引き返してゆく。

「や、けど俺、あ、ちょお待った」

ヒラさんとロクロー、二人に交互に声をかけているうちに、ロクローはドアの向こうに消えてしまった。伸ばした指の先で静かにドアが閉まり、後にはヒラさんと伸彦が残される。

……せやから待てて言うてんのに。

「何やったらおんぶしますけど」

伸彦より背の低いヒラさんが下から覗き込んでくる。

「や！　ほんまに大丈夫ですから」

慌てて言うと、ハッハッハッと彼は笑った。狭い廊下に豪快な笑い声が響く。恐ろしいメイクとは裏腹の、やけに明るい声だ。

「そない脅えんでも大丈夫ですよ。こう見えても幽霊ちゃいますからね」

「わかってます……」

力なく答えると、ハッハッハッとまた彼は笑った。かと思うとおもむろに歩き出す。

「そしたら行きましょか」

引っ張られるようにして歩き出しながら、伸彦は目を白黒させた。ヒラさんもロクローも人の話を聞いているようで、実はあまり聞いていないらしい。

何やねんこいつら……。

このマイペースな幽霊たちから解放されない限り、落ち込むことすらできないようだ。


ヒラさんが言った通り、連れて行かれたのは医務室とは名ばかりの雑然とした狭い部屋だった。左側の壁面にロッカーが数個。右側の壁面には鏡がはめこまれている。どうやらスタッフのメイクルーム兼休憩室が医務室にもなっているらしい。

「どうぞ、座ってください」

「あ、どうも」

居心地の悪さを感じつつ、伸彦は折りたたみの椅子に腰かけた。この部屋は冷房がきいていて涼しい。

「ここにー、スプレーがあったはずー」

歌うように言って、ヒラさんは一番端のロッカーを開ける。その背に伸彦は声をかけた。

「あの、ほんまに大丈夫なんで」

ここへ来る途中、落とし物はいりませんから処分してくださいと言おうとしたものの、結局は口を噤(つぐ)んだ。誰かに渡すはずだったのに、渡すことができなくなった指輪を処分してくれと言われても、スタッフが困るだろうと思ったのだ。わざわざ探しに行ってくれたロクローにも申し訳ない。へたに警察に届けられでもしたら、今度はこちらが困る。

あの指輪、どうするかな……。

女性用の指輪を、男の自分が持っていても仕方がない。捨てるしかないだろう。

ぼんやりと膝の上に視線を落とすと、重美の声がふいに耳に甦(よみがえ)った。

そういうとこが嫌やねん！

大学のときに付き合った女性にも言われた。そういうとこが嫌なんや、と。彼女も伸彦が気付かないうちに、別の男と付き合っていた。高校のときに付き合った女性にも言われた。ほんまは私のこと好きちゃうやろ、と。彼女らも重美も、伸彦という人間を見抜いていた。

誰も愛することができない、欠陥(けっかん)人間。

「あったあった！」

大きな声が聞こえてきて、伸彦は我に返った。こちらを向いたヒラさんの手にスプレーが握られている。

「たまーにパニックになったお客さんに突き飛ばされたりするんですよ。そんだけ怖がってもらえてる思うと、役者冥利に尽きますけどねー」

「あ……、役者さんなんですか？」

明るい声につられて尋ねると、彼は頷いた。

「一応。俺も含めてお化けやってるん全員、なにわドードーゆう劇団の役者ですわ。ちなみにお化け屋敷のプロデュースもうちの劇団なんすよ。全然売れてへんのですけどね」

ヒラさんがそこまで言ったとき、勢いよくドアが開いた。

「ありました」

肩で息をしながら顔を覗かせたのはロクローだ。手には小さな黒いケースが握られている。青い顔半分を血に染めた彼が息を切らしている様は、何とも奇妙だ。

よかったよかった、と手放しで喜んだヒラさんは、しかしすぐ、あっと声をあげた。

「アホ、おまえがここに来てしもたら一番が穴になってまうやないか」

「あ、すんません。ヒラさん早よ行ってください。サダさんに殺される」

言葉の内容とは裏腹の、のんびりとしたロクローの物言いに、ひい、とヒラさんは高い声をあげた。スプレーをロクローに押しつけ、あたふたと部屋を出て行く。

「あの、ありがとうございました！」

開いたままのドアに向かって礼を言うと、どーいたしましてー、と応じる声が遠くから聞こえてきた。全力で駆けていったらしい。

呆気にとられている伸彦をよそに、ロクローは静かにドアを閉めた。そして手に持っていたケースを差し出す。

「落とし物、これですよね」

「ああ、うん。ありがとう」

礼を言ってケースを受け取った伸彦は、次の瞬間、掌に痛みを感じた。柔らかなはずのベルベットが、鋭い刺で覆われている錯覚に陥る。まるでケースそのものに非難されているようで、とても持っていられず、思わず机の上に置く。

過剰なほど素早く手を引っ込めた伸彦を見ていたロクローは、おもむろに跪いた。恐ろしいメイクを施したままの顔で、こちらを見上げてくる。表情そのものはやはり判別できなかったが、そのことが逆に伸彦を落ち着かせた。

本当なら、きっと今頃泣けて泣けて仕方がなかったはずだ。いや、大声で叫んでいたかもしれない。あるいは自棄になって物を投げたり蹴ったりしていたか。

これから、俺は一人で生きていくしかない。

そのことを思い知らされたからだ。

今、こうして泣き出しもせず、叫び出しもせずにいられるのは、ロクローのメイクのせいだった。やけにリアルなお化けのメイクが現実感を麻痺させる。

「膝、出してくれはります？」

唐突に言われて、え、と伸彦は声をあげた。

「スプレーかけますから」

「ああ……」

缶を振ってみせたロクローに、伸彦は頷いた。のろのろとジーンズの裾をあげる。

ロクローの視線を手元に感じていると、心配そうな声が尋ねてきた。

「痛いですか？」

「いや、座ってると全然。あ、俺やるから」

伸彦はロクローから缶を受け取った。軽く振って膝にスプレーする。冷たい感触が素肌に心地好い。

「どうもありがとう」

跪いたままのロクローに缶を返す。いえ、と応じた彼は缶を台の上に置き、伸彦の正面にあった折りたたみの椅子に腰かける。

ジーンズの裾をおろして体を起こすと、立派な体格の幽霊と向き合うことになった。

狭い部屋に、顔半分を血に染めた幽霊と二人きり。

何やねんこの状況……。

落とし物は見つかったし、応急処置もできた。もうここに用はない。

「あの、ほんまにありがとう。そしたら」

言いながら立ち上がると、視界に指輪のケースが飛び込んできた。ベルベットの黒いケースに伸ばした手は、しかし途中で止まる。

これを持って帰らなければならない。持って帰って、自分で処分しなければならない。

そう思うと、足の力が抜けた。浮いていた腰が再び落ちたことで、折りたたみの椅子がギシ、と音をたてる。

黙って様子を見ていたロクローは、何を思ったのかケースに手を伸ばした。がっちりとした体格とは対照的な、すんなりと伸びた長い指が蓋を開ける。

「これ、ダイヤですか?」

「ああ……、うん」

「きれいですね」

「一応、ほんまもんやから」

虚ろに笑って言うと、ふうんとロクローは頷いた。指輪を見下ろしていた目が、わずかに細められる。

「何か、微妙にサイズ大きいないですか?」

「ん? ああ、彼女、ぽっちゃりしてて……」

伸彦は少しも気にしなかったが、重美はふくよかな体つきを気にしていたようだ。友人によると、彼女が仲彦の前に付き合っていた男にふられた理由が体型にあったらしい。

何があかんの。ぽちゃっとしててかわいいのに。——二回目のデート。仲彦の言葉に、重美は嬉しそうに笑った。

あの言葉は嘘ではなかった。本当にかわいいと思ったのだ。今度こそ好きになれるかもしれない。そう思った。

「入った」

ロクローのつぶやきに、仲彦は我に返った。いつのまにか、ダイヤの指輪が彼の左の薬指にはまっている。

何でおまえがつける……。

啞然としている仲彦の目の前で己の薬指をかざした彼は、納得したように頷いた。そして今度は指輪を抜こうとする。

「……とれへん」

指輪を引っ張ったロクローは小さくつぶやいた。眉を寄せ、更に指輪を引っ張る。が、指の節が邪魔になっているらしく、とれない。

幽霊が薬指の指輪を必死で抜こうとしている光景は、滑稽以外の何物でもなかった。暗がりでたたずんでいたり、恨みをこめて人を脅したりするから怖いのであって、明るい部屋で焦ったり慌てたりしている幽霊は少しも怖くない。

まるで喜劇を見ているようで、伸彦は堪えきれずに噴き出した。

「すんません、今、とり、ます、から」

指先に力をこめながら言う彼に、笑いながら首を横に振る。

「とらんでええよ。それあげる。見つけてくれた礼や」

「や、でも」

「とれたら捨ててくれてええから。換金してくれてもええし」

言って、伸彦は立ち上がった。間を置かず、ロクローも行く手を阻むように立ち上がる。彼の手は指輪を抜こうと力をこめたままだ。

「こんな高価なもん、もら、えま、せん」

「持って帰っても捨てるだけやから。てゆうかほんまもうええて。指が傷ついてまう」

力まかせに引っ張り続けるロクローの手を焦ってつかむ。すると彼は意外にもあっさり力を緩めた。

思わずほっと息をついて手を放す。もはや捨てるだけとなった指輪で、誰かが傷ついてはたまらない。

「そしたら連絡先教えてください」

至極真面目な口調で言った彼に、は？　と伸彦は頓狂な声をあげた。

ロクローはまっすぐ見下ろしてくる。白と黒とがはっきりと分かれている目だった。そのコントラストの美しさは、恐ろしいメイクをしていてもわかる。

「とれたら返しに行きますから」

「や、返しにこられても……」

「そしたらやっぱり今ここでとらんと」

言うなり、またしても指輪を引っ張り始めた彼を、伸彦は慌てて、ちょっとちょっと！　と制止した。

「ええて言うてるやないか」

「よう、ない、です」

「やめえて！　……あーもうわかった。携帯のアドレス教えるから。書くもんある？」

即座に指輪を引っ張る手をとめたロクローは、はいと頷いた。今度は随分素直だ。

メモとペンを探す男を、ため息まじりに見つめる。

何やねんなもう……。

ともすれば体の芯まで侵されそうな暗い気分が宙に浮いたままになっているのは、目の前の男がお化けのメイクをしているというだけでなく、彼のどこかずれた行動にもよるらしい。事態は深刻なのに、少しも深刻でないように思えてくる。

「ありました」

ロクローはニッコリ笑ってメモと鉛筆を差し出した。ため息をついて受けとり、ポケットから携帯電話を取り出すと、あ、と彼は声をあげる。

「カラサちゃん」

伸彦の携帯電話についていたストラップに目をとめたらしい。

「しかも限定版」

続けられた言葉に、伸彦はまた噴き出してしまった。確かに伸彦のカラサちゃんのストラップは限定品だ。舌が出ておらず、ニッコリと微笑(ほほえ)んでいる。課でイベントの宣伝も兼ねてストラップをつけようという話になり、各々土産物屋(おのおのみやげものや)で購入した。今では手に入れることが難しいレアものだ。

「カラサちゃん好きなんか?」

アドレスをメモしながら尋ねると、ロクローは曖昧に首を傾げた。

「うちの演出家兼脚本家が好きなんです。てゆうか三歳の娘さんが好きなんですけど」

「ここのお化けの人、皆劇団員なんやてな」

「ええ。芝居では食えてませんけど一応」

頷いた彼にメモを渡す。ロクローは走り書きした文字を見つめ、読み上げた。

「柾木伸彦さん。カッコエエ名前ですね」

「……別に普通やろ」

ツッコんだ伸彦にかまわず、ロクローは続ける。

「ちなみに俺はトミタロクローといいます。富を得るの富に田んぼの田、禄を食むの禄に朗らかと書きます。年は二十五。職業はなにわドードー所属の役者ですが、バイトもいっぱいしてます。あやしい者ではありません」

トミタロクロー。——富田禄朗。

頭の中で漢字に変換した伸彦は、お化けメイクを施した禄朗をまじまじと見つめた。

あやしいないて、こうやって見る限り、ものごっつあやしいんやけど……。

伸彦が考えていることがわかったのか、禄朗は鬘をかぶったままの頭をかいた。

「このカッコで言うても説得力ないですよね」

「ほんまやで……」

誰をどんな悲劇が襲おうと、誰がどんな幸福に酔いしれていようと、明日という日はやってくる。時間の流れは誰の上にも平等で、ある意味容赦がない。

伸彦にも例外なく訪れた月曜は、厭味なほど晴れていた。が、気分は重かった。寝不足だったからだ。孤独感や絶望感で眠れなかったわけではない。頻繁に送られてくるメールのせいで眠れなかったのである。

おまえはストーカーか！　とツッコみたくなるほどメールを送ってきたのは富田禄朗だ。まだとれません。とれそうです。やっぱりとれませんでした。あともうちょっと。これから友達にとる方法を聞きます。そんな風にいちいち実況中継をしてくるのだ。

最初のうちは重美からのメールだろうかと、期待なのか恐れなのかわからない気持ちが湧いてきて、画面を見るのがためらわれた。しかし、無理せんといてください、急いでとらんでもいいですから、などと返信しているうちに、禄朗への苛立ちの方が勝っていった。

とれました。がんばりました。そんなメールが送られてきたのは夜中の一時だ。今度実況中継してきやがったら許さん！　と鼻息荒くメールを開けた伸彦だったが、これには思わず笑ってしまった。簡潔な文章だったけれど、禄朗のさも満足そうな様子が伝わってきたからだ。

がんばってくれてありがとう。ゆっくり休んで。そう返信すると、それきりメールはぴたりとやんだ。嫌がらせでも何でもなく、彼が本当に指輪のことを気にしていたらしいとわかってあきれた。

一方で、申し訳ない気持ちにもなった。よく考えてみれば、禄朗は突き飛ばされた伸彦の下敷きになったのだ。その上、彼女に連絡しなくていいのかと気遣ってくれ、真っ暗なお化け屋敷の中で小さなケースを探してくれた。悪い男でないことは確かである。

ともあれ、昨夜は禄朗のメールのせいで五時間ほどしか眠れなかった。勤めていることは話さなかったけれど、日曜が休日になっている社会人の場合、月曜は大抵仕事に行くものだ。日曜の夜は早めに休みたいと思って当然だろう。そのあたりを禄朗はよくわかっていないらしい。もっとも、ただ単に意に介さなかっただけかもしれないが。

俺、学生やと思われたんかな。

切れ長の双眸と細い鼻筋、薄めの唇。色も白い方で、ともすれば頼りなげに見える面立ちであることは自覚している。

……それにしても眠い。

伸彦は欠伸をかみ殺しつつ出欠表に出所時刻を書き込んだ。勤め先の役所にはタイムカードがない。課長の席に置いてある出欠表に、自分で時刻を書き込むことになっている。今時ありえない旧式なやり方に、就職したばかりの頃は驚いた。

「おはよう、柾木君」

思いきり背中を叩かれて、出欠表を閉じた伸彦は振り向いた。この太い声は課長だ。

「おはようございます」

かろうじて笑顔を向けると、課長は声と同じ太い眉を上げた。

「何や顔色悪いなあ。寝不足か？　あ、そおか、昨日はカノジョの家にお泊まりか！」

矢継ぎ早やに言われて、伸彦は曖昧に笑った。ふられたとはとても言えない。五十代半ばのこの人物、デリカシーというものが完全に抜け落ちている。古いタイプの上司の典型だ。

「ぼちぼち結婚したらどないや、結婚したら！　ん？」

「課長、それセクハラですよ」

割って入ってきたのは、長い髪を後ろでひっつめた大柄な女性、峰岸悦子だった。課内に二人いる主幹のうちの一人で、伸彦の直接の上司である。四十代後半の彼女は、課長にも遠慮なくものを言う。

おはようございますと挨拶すると、彼女も、おはようと明るく答えた。

出欠表に時刻を書き込む峰岸に、たじたじとなりつつも課長が言い返す。

「セクハラてえっちゃん、柾木君男やで」

「男も女も関係ありません。お泊まりとか結婚とか言うんがセクハラなんです。それに柾木君は結婚するんやったらするて、ちゃんと課長に報告してくれますて。なあ柾木君」

「はい、もちろん」

ここぞとばかりに頷いてみせると、そおか？　と課長は相好を崩した。

他の同僚が入ってきたのを機に、峰岸と共に課長の席を離れる。昨夜はわずかに残っていた膝の痛みだが、今朝には消えていた。昨日、すぐに処置したのがよかったのかもしれない。

「課長もほんま、しゃあない人やねえ」

峰岸があきれたような声を出したので、伸彦は慌てた。

「峰岸主幹、聞こえますよ」

「ええのええの。課長には反省してもらわんと」

峰岸は肩をすくめる。伸彦が大学生の息子を連想させるらしく、こうして課長の『結婚しろ攻撃』からさりげなくかばってくれるのだ。

課長を含め、どうしても嫌だと思う同僚がいないこと。公務員になれたこと。どちらをとってもかなり恵まれている自覚はある。

伸彦が就職した年は就職氷河期からは脱していたものの、地方の民間企業の採用はまだまだ厳しかった。そんな中、安定した職業である公務員は人気で、それだけに狭き門だったのだ。伸彦自身、地元出身ではない自分が、出欠表にしろ上司にしろ、あらゆる面で旧式然とした地元色の強い役所によく採用されたものだと思う。

リストラもないし潰れることもないし、よっぽどの不祥事起こさん限りクビにもならんもんな。おまえ一生安泰やなあ。

今でも友人たちに、そんな風に羨ましがられる。

一生安泰、か……。

デスクに腰をおろし、伸彦はため息を落とした。仕事だけをみればそうだろう。

しかしプライベートは違う。

伸彦は、人を好きになったことがない。

友人としてとか先輩としてとか後輩としてなら、もちろん好きになったことはある。ただ、恋愛の対象として誰かを好きになったことは一度もないのだ。

幼い頃は特別気にしなかった。中学にあがっても好きな人ができなかったときは少し不安を覚えたが、恋人がいる同級生はまだ少なく、時期がきていないだけだと思えた。

高校生になり、告白してきたクラスメイトと付き合った。自分を好きになってくれたと思うと嬉しかった。だから彼女を好きになろうと努力した。しかしどうしても好きだとは思えなかった。結局、半年ほどで他に好きな人ができたと言われ、ふられてしまった。

大学でも同じだった。誰も好きにはなれなかった。そんな中、同じゼミの女性に告白され、こちらも半年ほど付き合った。初めてのセックスも経験した。けれど彼女が他に男を作って別れるその瞬間まで、彼女を愛することはできなかった。愛そうと懸命に努力したけれど、どうしてもだめだったのだ。

それから何人かの女性とベッドを共にする機会があったが、体の快感は得られても、彼女らへの愛情は湧(わ)いてこなかった。そこでさすがに、やばいと思った。

何で俺は誰も好きになれんのや。

伸彦は真剣に悩んだ。ことがことだけに、恋愛で悩んだり浮かれたりしている周囲の誰にも相談できなかった。もっとも、相談したところでまともに取り合ってもらえなかっただろう。何しろ伸彦は男友達だけでなく、女友達も多い方だったのだ。部活動やサークルの先輩後輩ともうまく付き合ってきた。だから人とコミュニケーションがとれないわけではない。セックスはできるのだから、性的に不能というわけでもない。女性をかわいいと感じるのだから、感性が変わっているわけでもない。

また、両親が不仲だったわけでもなかった。むしろ逆だ。大恋愛の末に結婚した二人は、極めて仲がよかった。そんな両親には充分愛情を注いでもらったし、二つ年上の兄とも三つ年下の妹とも、ごく普通の兄弟関係を築いてきた。ちなみに兄は昨年、会社の同僚と結婚した。こちらも両親と同じく大恋愛の末の結婚である。妹にも、大学生のときから付き合っている恋人がいる。交際は順調のようだ。

最も身近な家族のそうした恋愛事情を含め、トラウマになるような過去は一切ない。トラウマがあるのなら、そのせいだと思えたけれど、ないのだから誰のせいにもできない。

皆が当たり前にやってることができないなんて、俺はどっか壊れてる。

そうとしか考えられなかったが、そう結論づけるのは怖かった。だから早く結婚したかったのだ。籍を入れて家族になれば、何かが変わるかもしれないと思った。万が一何も変わらなくても、結婚さえしていれば一人きりにならずに済む。

……結婚する理由がそんなんでは、ふられて当然か。

自分勝手この上ない。

「柾木君」

肩を叩かれて、伸彦はハッとした。

隣のデスクの矢野が心配そうにこちらを見つめている。彼は伸彦より七つ年上の三十三歳。

仲彦と同じく『お化け担当』である。ふくよかな体格の、朴訥とした好人物だ。

「ぼうっとして大丈夫か？」

「すんません、大丈夫です。何でしょう」

笑顔で応じると、矢野は気を取り直したように微笑んだ。

「あんな、カラサちゃんとおともだち、引き受けてくれそうなとこ見つかったから」

「え、ほんまですか？」

仲彦は思わず声をあげた。『カラサちゃんとおともだち』とは、イベント最終日に行われる子供向けの企画だ。カラサちゃんがらみで何か考えろと言われて、仲彦が出した企画がそのまま通ってしまった。よって、責任者も仲彦である。

会場に設けられたステージで、カラサちゃんとお化けのお友達——河童や雪女等のポピュラーなお化けが出てくる寸劇を披露する。劇の下敷きになるのはもちろん、土地に残るから傘お化けの伝承だ。その劇の後、お化けたちと一緒にゲームをするという他愛ない企画である。責任者とはいえ、劇もゲーム進行も地元のアマチュア劇団に委託する形だったので、仲彦は比較的気楽に構えていた。

ところが二週間ほど前、その劇団の主催者が夜逃げしてしまったのだ。劇団の運営資金も根こそぎ持って消えてしまったため、警察に届ける届けないで団員たちが揉め、劇どころではなくなった。

仕方なくかわりの劇団を探していたのだが、本番まで五ヵ月を切っている上に、雀の涙ほどの謝礼しか出ない劇を引き受けてくれる団体はなかなか見つからず、職員でやるよりほかないかと考えていたところだった。

「水道課の村松さんの息子さんの友達の先輩のお兄さんの友達に、劇団主催してはる人がいてはって、その人のお父さんが、うちの市の出身らしいねん。そんでいっぺん話聞かしてもらいたいて言うてくれはったそうや」

矢野の言葉に、はあ、と伸彦は気の抜けた返事をした。水道課の職員の息子の友達の先輩の兄の友達とは、見知らぬ他人も同然だ。しかもその人自身がこの町の出身なのではなく、父親が出身ときた。それでもあくまでもツテというところが、この役所らしいといえばらしい。

「これ、その人の名刺」

「あ、ありがとうございます。けど何で矢野さんがこれを」

差し出された名刺を受け取って問うと、矢野はニッコリ笑って答えた。

「僕、村松さんの息子さんの友達と家が近所やから」

「そうなんですか……」

狭いのか広いのかよくわからない地方都市で働いていることを実感しつつ、伸彦は名刺に視線を落とした。白い名刺に印刷された文字を見て、目を見開く。

劇団なにわドードー主催、定家薫。

ふいに禄朗の声が耳に甦った。

サダさんに殺される。

「矢野さん、このなにわドードーて、かきつばた遊園地のお化け屋敷をプロデュースしてる劇団ですよね」

名刺に釘付けになったまま言うと、ああ、と矢野は頷いた。

「そんなようなこと言うてはったなあ。よっぽどお化けに縁があるんかな」

うちの演出家兼脚本家が好きなんです。てゆうか三歳の娘さんが好きなんですけど。

再び耳に甦った禄朗の言葉に、伸彦は顔をしかめた。ほぼ同時に、胸のポケットに入れておいた携帯電話が震える。

取り出した携帯の待ち受け画面には、メールがきたことを知らせるマークが出ていた。

送信者は富田禄朗。

ボタンを操作して現れた件名は、指輪返しに行きます。


「どうもどうも！　わざわざ来てもろてすんません！」

顔を合わせるなり握手を求めてきた男に、伸彦は完全に押されていた。日に焼けた肌に白い歯が眩しい。ポロシャツに綿のパンツという軽装が、長身によく似合っている。年は三十五らしいが、年齢不詳に見えた。

「あ、あの、先日お電話した柾木です」

握られた手を一方的にぶんぶんと振りまわされながら、伸彦はどうにか答えた。

場所は『なにわドードー』の事務所、もとい主催者である定家の自宅にある小さな離れである。八畳ほどの部屋にはダンボール箱や棚、事務机等がつめ込まれ、足の踏み場もない。エアコンはなく、扇風機が生温い風を送ってくる。

矢野に名刺をもらってから『なにわドードー』について調べた。禄朗とヒラさんは食えない売れてないと言っていたが、関西ではそこそこ有名な劇団らしい。五年前から毎年、遊園地のお化け屋敷のプロデュースをしているだけでなく、コメディを中心にあちこちで公演も行っていたし、演劇関係の雑誌で取り上げられたこともある。職員の息子の友達の先輩の兄の友達、ということを除いても問題のない団体だと判断して峰岸に報告し、こうして直接会うことにしたのだ。

ようやく離してもらった手で名刺を交換すると、定家は折りたたみの椅子をすすめた。

「狭いとこですけど、座ってください」

「そしたら失礼します」

椅子に腰かけた伸彦は、定家の横からひょこ、と顔を出した男に目を向けた。

Tシャツにジーンズという格好の彼は、定家と同じぐらい背が高かった。今は驚いたように丸くなっているたれ気味の目許は優しげな印象である。しかし鋭い輪郭と逆三角形の上半身は男らしく精悍だ。そのアンバランスさが彼に独特な存在感を与えている。

伸彦の視線に気付いた男は、驚きの表情を消してニッコリ笑った。どうぞ、と脇にある事務机に麦茶が入ったグラスを置き、軽く頭を下げる。

「こんにちは」

柔らかな低い声は、間違いなく富田禄朗のものだ。

こいつ、こんな顔やったんや……。

リアルなお化けメイクのせいで、素の顔がわからなかった。

「明日と違ても、今日会えましたね」

やけに嬉しそうな禄朗に、伸彦は曖昧に笑って会釈した。

「定家さんと話さしてもろて依頼さしてもらうことがはっきりしたら、明日にでも言おう思てたんです。今日来てはるて思わへんかったから、黙っててすんませんでした」

明日の土曜、やはりお化け屋敷でお化けを演じるという禄朗と、遊園地で会う約束をしていたのだ。目的はもちろん指輪を返してもらうためである。

月曜に会う日時を決めて以降、一日一回、夜に禄朗からメールがきた。特に用があったわけではない。膝は大丈夫ですかだの、今日はいい天気でしたねだの、今日はいつも以上にお化けメイクに時間をかけましただの、他愛(たわい)ない内容ばかりだった。膝の具合を尋ねるメールには返信をしたが、それ以外は必要性を感じなかったので放っておいた。

俺にこんな世間話みたいなメール送って、何か意味あんのかと訝(いぶか)しく思ったことは事実だ。

しかし正直、夜に届くメールはありがたかった。一人暮らしの部屋でじっとしていると、孤独感がいや増す。禄朗のメールは、引きずりこまれたら最後、二度と戻ってこられないような不安にとらわれそうになるのを止めてくれた。

ニコニコと笑ってこちらを見つめる禄朗を、仲彦の正面に腰かけた定家が見上げる。

「何や、知り合いかロクロー」

「明日デートの約束をしてます」

笑みを消して真面目に答えた禄朗に、そおかと定家も真顔で頷く。

「柾木さんは固い職業の人や。くれぐれも慎重にな」

……ここはツッこむべきなんやろか？

それとも、そうなんですデートなんですよーと合わせるべきか。

二人ともがあまりにも真剣なので判断が遅れた。その間に、定家はこちらに向き直る。

「資料、持ってきてくれはったんですよね。見せてもらえますか？」

「え？　あ、はい」

慌てて膝の上にのせていた鞄(かばん)を開け、資料が入った封筒を取り出す。

何やねん、さっきの会話はもう終わったんか。

定家もかなりマイペースのようだ。

「これがから傘お化けの民話が載ってる本で、電話でお話しした前の台本がこれです。これが当日のおおまかな進行表になります」

封筒から出した資料の説明をして手渡すと、どうも、と定家は受け取った。おもむろに台本を手にとり、読み始める。途端に目つきが鋭くなった。

「カラサちゃんの着ぐるみはそちらにあるんですよね」

すぐ台本を閉じ、かわりに進行表に目を通しつつ定家が問う。

「はい、あります」

「ひとつだけ?」

「は?」

「ひとつしかないんですか、着ぐるみ」

「いえ、二つありますけど」

「二つとも使えますか」

「たぶん大丈夫や思いますけど、他のイベントの都合もあるんで確認してみます」

次々にくり出される質問にどうにか答えると、ふむ、と定家は頷いた。

彼の斜め後ろの丸椅子に腰かけた禄朗は、黙ってやりとりを見守っている。いや、彼は正確には伸彦だけを見つめていた。白と黒のコントラストがはっきりとした双眸（そうぼう）は、まっすぐこちらに向けられている。

禄朗の向かい側にいるのは伸彦だけだから、見られるのは当たり前だ。

けど、何か妙に気になる……。

「芝居の時間は十五分程度か。短いな。三十分ぐらいに延ばせませんか」

「それも大丈夫やと思います。当日ステージを使うんはこの企画だけですから」

ふむ、とまた一人頷いた定家は、ようやく進行表から視線を上げた。伸彦を見つめ、人差し指をたててみせる。

「台本を全部書き直すこと。カラサちゃんの着ぐるみを二つ使わしてもらうこと。上演時間を三十分に延ばすこと。この三つがオッケーやったら、引き受けさしてもらいます」

最終的に三本の指をたてた定家は、ニッコリ笑った。

月曜に連絡することを約束して定家宅を辞（じ）した伸彦に、禄朗はなぜかついてきた。一緒に家を出たので、彼もどこかへ行くのかと思ったが、そうではないらしい。歩いて十分ほどの場所にあるバス停に向かう伸彦の横を、先ほどから離れることなく歩いている。

「柾木さんが来はる思てへんかったから、びっくりしました。市役所の職員さんやったんですね」

　並んで歩く禄朗に、伸彦はもう一度謝った。

「黙っててすんませんでした。なにわドードーさんに依頼さしてもらうか、はっきりしてへんかったんで」

「そんなん全然。気にせんといてください」

　のんびりと答えた男の足下を、伸彦は見るとはなしに見下ろした。裸足にゴム草履。歩く度にペタンペタンと音が鳴る。気取らない様が、彼のおおらかな雰囲気に合っていた。

　一方、カッターシャツにスラックスで来た伸彦は革靴だ。足音は、コツコツ。

「けど凄い偶然ですよね」

　ゆったりとした物言いに、そうですねと応じて伸彦は苦笑した。

「あの、俺と、富田さんほとんどタメやし、別に敬語使てくれはれんでもええですよ」

　ここ数日、勝手に禄朗と呼び捨てていたので、苗字を呼ぶのは少し抵抗がある。一方の禄朗は、柾木さん、と速やかに呼んだ。

「年いくつですか」

「二十六です。早生まれなんで、こないだなったばっかり」

「てことは、同い年やけど学年はひとつ上ですね。金のワラジ履いてへんのにラッキー」

ゆったりとした調子で紡がれた後半の言葉にツッこむべきかと迷っているうちに、禄朗は続ける。

「そしたらやっぱり敬語やなあ。柾木さんもさっきから敬語やし」

「仕事上の付き合いになったわけですから」

「けど指輪は仕事とは関係ないですよね」

「それはまあ……」

「それに俺と柾木さん、メル友やし」

「メル友て……」

確かに禄朗からは何度もメールをもらっているけれど、友になった覚えはない。そもそも、顔を合わせるのはまだ二度目だ。しかも最初に会ったとき、禄朗は幽霊の格好をしていて顔の造作もわからなかった。

ペタ、ペタ、と間の抜けた音をたてて歩く男を見上げる。すると彼もこちらを見下ろしてきた。たれ気味の双眸はやはり優しげだ。

「彼女に連絡しましたか」

ふいに問われて、伸彦は驚いた。慌てて視線をそらす。

「や、してへん」

我知らず敬語がとれた。

「せえへんのですか」

優しい声音（こわね）から、禄朗が心配してくれていたことが伝わってくる。やはり悪い男ではないらしい。

「彼女、待ってはるかもしれませんよ」

「……ん。せやな」

伸彦は曖昧に頷いた。禄朗の言う通り、重美（しげみ）は連絡を待っているかもしれない。今ならまだやり直せるかもしれない。

けど、誰も好きになれん奴やて見抜かれた相手と向き合う勇気が、俺にはない……。

重美を思いやり、尽くしたのは、彼女を愛そうと努力した結果だった。世間一般で言う『誠実な男』が愛する女性にすることをなぞれば、本当に愛せるかもしれないと思ったのだ。

しかし結局、愛せなかった。

「もうええねん。終わったことや」

この話は終わり、という意味合いを込めて精一杯明るい口調で言う。

すると禄朗は、間を置かずに尋ねてきた。

「ほんまにヨリを戻すつもりはない？」

「ない」

「彼女が戻したいて言うてきても？」

念を押す男を横目でにらむ。

「しつこいな。終わりやて言うてるやろ」

我知らずきつい口調で言うと、禄朗はニッコリ笑った。

「よかった」

「……何が」

「俺、柾木さんのこと好きになったから」

歩みを止めることもなくあっさり言われて、伸彦は頬がひきつるのを感じた。

今、俺はツッこむべきなんか？

何度目かわからない自問をしている間に、禄朗はのんびりと尋ねてくる。

「ふられはったとこにつけこむみたいで申し訳ないんですけど、柾木さん、男だめですか」

今、俺はツッこむべきか。

もちろんツッこむべきや。

今度は即座に判断して、伸彦はツッこんだ。

「だめですかて何やねん」

「せやから、男と恋愛するんはだめですか」

ゆったりとした問いかけに答えず、伸彦は空を仰いだ。手の甲で額の汗を拭う。

ああ、今日もええ天気や。

空は真っ青に晴れており、入道雲がわきたっている。容赦なく照りつけてくる太陽は、既に夏本番といった感じだ。閑静な住宅地に横たわるアスファルトの道は、陽炎で歪んで見えた。かなり気温が上がっているらしい。

「男と恋愛するんはだめですか」

耳元で低い声が尋ねてきて、わ！　と伸彦は声をあげた。慌てて耳を押さえ、飛びすさるようにして禄朗から離れる。

「聞こえとるわ！　何べんも言うな！」

「けど何か遠い目になってはったから」

「遠い目にもなるやろそら！」

男と恋愛？　――何じゃそら！

そんなこと、一度も考えたことがない。

「だめですか？」

真面目な顔で尋ねられて、伸彦は言葉につまった。もし冗談なら、何真に受けてはるんですかー、と笑うべきタイミングだ。

しかし禄朗は笑わなかった。たれ気味の双眸に映っているのは、どこまでも真剣な色である。冗談で言っているわけではないらしい。

「だめですか」

重ねて問われ、伸彦は唇を動かした。

が、やはり言葉が出てこない。

だめも何も、自分は恋愛そのものを一度も経験したことがない。男女関係なく、誰も愛したことがないのだ。

「……禄朗」

苗字を呼ぶ余裕は失われていた。禄朗は抗議するでもなく、はい、と応じる。

「俺とおまえ、二回しか会うてへんやろ。しかも二回合わせても、一時間も話してへん」

「そうですね」

「そんで何で好きやねん」

伸彦にはわからなかった。過去にどこかで彼と会っていたのなら、まだわかるのだが。

まっすぐ見上げると、禄朗は人差し指で顎をかいた。顔にはあまり出ていないが、それなりに照れているようだ。

「最初は泣き顔がカワイイなあ思て。あと、自分も大変やのに俺が怪我してへんか聞いてくれはったとことか、落としたケースでお客さんが怪我しはるかもしれんて考えはるとことか、ごっつええなあて。それから、ふくらはぎが凄くキレイやったから」

ゆったりとした口調で紡がれた答えに、柔と剛、両方を兼ね備えたアンバランスな禄朗の容姿をまじまじと見つめる。照りつける日差しに輝く小麦色の肌が眩しい。

「……そんだけか？」

「そんだけです」

簡潔な返答に、仲彦は瞬きをくり返した。

好きになる理由が、そんだけなんか。

しかもフクラハギて何やねん……。

学生時代に告白されて付き合った女性たちは、クラスメイトやゼミの仲間だった。彼女らには、仲彦の普段の生活や人となりを知る機会が充分にあった。重美とは紹介で知り合ったが、間に入ってくれた友人が仲彦と親しい間柄だった。

けれど目の前にいる男とは何のつながりもない。たった二回顔を合わせただけの、赤の他人である。知っていることといえば、名前と年齢と職業ぐらいだ。

それなのに、この男は仲彦が好きだという。

「あー、あんな、俺、あかんねん」

動揺と困惑でしどろもどろになりつつ言うと、禄朗は首を傾げた。

「男があかんゆうことですか」

「や、そうやのうて。おまえのこと別に好きちゃうし」

「男がだめなわけではないんですね」

「そういうことやのうて。俺、恋愛はもうしたないから」

正確に言うと恋愛をしたくないのではなく、できないのだが、初対面に近い彼にそこまで言う必要はないだろう。

しかし禄朗は怯むどころか、納得したように頷く。

「カノジョと別れてすぐ別の人と恋愛なんかできませんよね。今すぐやのうても付き合うてくうちに、少しずつ好きになってくれはったらええですから」

「や、せやから恋愛はしたないいて」

「はい。けど男は無理やないんですよね」

「せやから何でそういう結論になんのや」

話が通じなくて、思わず声を荒げる。

伸彦とは反対に、微塵も感情を揺らしていないらしい禄朗は再び首を傾げた。

「同性があかん人は何を置いてもまず、男やからゆう理由で拒絶したり嫌悪したりします。けど柾木さんは違う。さっきから一言も、男があかんとは言うてへん」

「せやから俺が言うてんのはそういう意味やのうて、恋愛自体無理ってことで。てゆうかおまえはどないやねん。男でええんか?」

「男でええというよりも、俺の場合は男しかあかんのです。ゲイやから」

「げい……?」

「はい。ちなみに劇団の皆も、そのことは知ってます」

ゲイ。——知識としては知っているものの、実生活では一度も耳にしたことがない単語をくり返されて、仲彦は言葉を失った。禄朗は黙ってこちらを見つめてくる。

辺りは静かだった。通行人一人、自動車一台通らない。仲彦と禄朗、二人だけが陽炎で煙(けぶ)る道に立ち尽くしている。

ゲイだと告白した禄朗に嫌悪を抱いたわけではなかった。気持ちが悪いとも思わない。ただ混乱し、困惑していた。

男しか好きになれない男が、男である自分に恋愛感情を持っている。誰も好きになれない自分を、実に他愛ない理由から好きだと言っている。

正直、どうしていいかわからない。

途方に暮れていると、禄朗はふいにニッコリ笑った。

「とりあえず、お友達からでどうでしょう」

「友達……？」

「はい。友達から」

友達、と仲彦はもう一度鸚鵡返(おうむがえ)した。

友達ならわかる。俺にもできる。けど。

「友達からてゆうことは、恋愛になること前提やろ。俺、恋愛の意味では絶対好きになれんから、友達からってゆうのも無理や」

きっぱり言うと、禄朗は瞬きをした。

一瞬、言い方がストレートすぎて傷つけてしまったかと不安になったが、彼は特に残念そうな顔もせずに穏やかな口調で尋ねてくる。

「そしたら、恋愛抜きの普通の友達にやったらなってくれはるんですね？」

「え？　……あ、うん」

伸彦は考えるより先に頷いた。禄朗に興味があるのは事実だ。

たった二度会っただけで人を好きになる男。

なぜそんな気持ちになるのかを聞いてみたい。恋愛抜きの友達になるぐらいなら、一向(いっこう)にかまわない。

「普通の友達やったら、俺はええけど。おまえはそんでええんか？」

尋ね返すと、禄朗は嬉しそうに笑った。

「かまいません。友達になってください」

木陰(こかげ)のベンチに腰かけた伸彦(のぶひこ)は、目の前にそびえる観覧車(かんらんしゃ)をぼんやり見上げた。青い空を、赤やオレンジ、緑色の丸い箱がゆっくり移動する。

のどかだ。緩く吹いてくる風は乾いていて、日陰にいると随分と涼しい。

土曜日の遊園地は、家族連れやカップルでそこそこ混み合っていた。昔ながらの遊園地に過激な乗り物はない。その分、テーマパークよりゆったりすごせると評判で、最近人気が復活しているという。

「伸彦さん」

呼ばれて声がした方を見ると、缶ジュースを手にした禄朗が歩み寄ってきた。昨日の別れ際、名前で呼んでいいですかと問われて、ええよと応じてから、彼は伸彦さんと呼ぶようになった。

「どうぞ」

差し出された缶を、伸彦はありがとうと受け取った。禄朗は五十センチほど間をあけて隣に腰かける。Tシャツに色の抜けたジーンズ、昨日と同じゴム草履。役者という職業のせいか、そうしたラフな格好をしていると、彼は二十五という年齢より若く見えた。

約束通りに遊園地へ来たものの、当初の予定とはいろいろなことが違っている。指輪を受け取ったらすぐに帰るつもりだったが、一応友達になったので、少し話をしてから帰ることにしたのだ。

「ええ天気ですねえ」

缶をあおった禄朗がのんびりと言う。同じく缶をあおって、うんと頷く。渇いた喉が冷たい飲料で潤される感覚が快い。

「晴れてるけど、涼しいな」

「そうですね。日陰は涼しい」

「ずっとこういう気候やとええんやけど」

「仲彦さん、暑いの苦手ですか？」

「あんまり好きやない。夏の賑やかな雰囲気は好きなんやけどな」

漠然と『茶飲み友達』というひなびた言葉を思い浮かべつつ、仲彦は答えた。

いつになくゆったりしている自分を感じる。禄朗には既に、恋愛の意味では好きになれないと告げてある。彼はそれを承知で友達になってくれと言った。だから今まで告白されて付き合った女性にしていたように、気を遣わなくていい。好きになろうと努力する必要もない。

それでも本当なら、多少はぎくしゃくするのだろう。

しかし告白してきた禄朗自身が、少しも気まずそうではないのだ。それどころか、これ以上ないぐらいリラックスしているように見える。そんな彼の態度が心地好く、仲彦もわだかまりを感じることなくくつろぐことができた。

ゲイだとあっさり告白し、躊躇なく好きだと言った男。禄朗は最初から真実を、そして本心を自然体でさらしている。肩肘張らない雰囲気が仲彦を安心させる。学生時代の友人と話すときですら、これほどのんびりしたことはない。

ひょっとすると、誰にも恋愛感情を持てないと自覚したときから、友人たちともどこか構え

て付き合ってきたのかもしれなかった。ごく当たり前のように恋愛をしている彼らにこんな自分を知られてはならないと、無意識のうちに固くなっていた気がする。

「来てくれはって嬉しいです」

しみじみと言われて、ベンチに背を預けていた仲彦は隣を見遣った。

禄朗もこちらを向く。白と黒のコントラストが美しい瞳が、見つめ返してくる。

あまりにもまっすぐ見つめられて、仲彦はぎこちなく視線をそらした。かわりに観覧車を見上げて言う。

「嬉しいて、約束しとったやろ」

「それはそうですけど。俺と会うん、ほんまは嫌なんとちゃうかな思て」

「嫌やったらそう言うたらええ話やし。どっちみちすっぽかしたりはせん」

本音を言うと、そうなんですか、と禄朗は嬉しそうな声を出した。

「仲彦さんは優しいですね。優しいゆうより誠実かな」

「そんな大袈裟な」

「大袈裟なことないです。行く言うといて来んかったり、おもしろ半分でからかう人もおるから」

「……そういう目に遭うたことあるんか？」

横目で禄朗を見遣ると、彼もいつのまにか観覧車を見上げていた。そうして仰いだまま、ありますねえ、と頷く。

「俺、わりと早い時期から同性しか好きになれん自覚があって、女の人と付き合うたことないんです。せやから告白も同性にしかしたことないんですけど、中には大勢人連れてきてからこうたり、女性と一緒に来たり、すっぽかしたり。いろいろありました。もちろん、そんな人ばっかやなかったですけど」

言葉の内容とは裏腹に、至極穏やかに話す禄朗に、ふうんと伸彦は相づちを打った。

「告白されたんやのうて、告白してきたんや」

「告白されたこともありますけど、どっちかいうと自分からの方が多いですね」

ふうん、と再び相づちを打つ。誰も好きになったことがないのだから当然だが、伸彦は告白をしたことがない。

過去に告白してきたということは、禄朗には定期的に好きな人がいたということだ。

わざわざ探したのだろうか。それとも周囲にいた誰かを自然と好きになったのか。あるいは偶然出会って惹かれたのか。

「そういうのって探すもん?」

今まで友人たちにさりげなく聞いてきたけれど、いつもまともに答えてもらえなくて次第に口にしなくなった疑問を、伸彦は久しぶりに言葉にした。禄朗には尋ねてもいいような気がしたのだ。

「そういうのて?」

「好きな人」

短く答えると、禄朗は観覧車からこちらに視線を戻した。そしてゆっくり瞬きをする。

「探したことは、ないですね」

「そしたら周りの人とか、偶然出会た人とかを好きになったわけか」

「そうなりますね。仲彦さんもそうやし」

ニッコリ笑った禄朗に、今度は仲彦が瞬きをした。

そうやった。こいつ俺のこと好きなんや。

改めてそのことに気付かされても、嫌悪は湧いてこなかった。かわりに湧いてきたのは、更なる疑問と興味だ。

なあ、と仲彦は禄朗に声をかけた。

「カワイイなあて思うんは、ええとして」

「ええんですか」

おかしそうに笑った禄朗に、仲彦は慌てる。

「や、まあ、とりあえずええ悪いは置いといて。何でそれが好きやなあ、になんの?」

仲彦は真剣に尋ねた。

禄朗は眦がわずかに下がった目を丸くした。かと思うと肩を揺すって笑い出す。

その反応に、伸彦は内心がっかりした。禄朗も友人たちと同じだ。まともに取り合ってくれない。その冗談おもんないわ。好きは好きやろ。笑いながら言われた言葉が次々に頭をよぎる。

「伸彦さんて、おもしろい人やなあ」

笑いまじりに言った禄朗は、せやなあ、とつぶやいてベンチに広い背を預けた。

「あんまり考えたことなかったけど不思議っちゃ不思議ですよね。カワイイなあ思ても、恋愛感情持てん人もおるから。俺の場合はたぶん、好きになる種類のカワイイと、そうやないカワイイがあるんやと思います。好きになる種類のカワイイがいくつか重なると、好きやなあにシフトする。その人のことを知って、またカワイイなあて思うとこが見つかったらカワイイがいっぱいになるでしょう。そしたらもっと好きになるわけです」

柔(やわ)らかな声で紡(つむ)がれる言葉に、伸彦は我知らず聞き入っていた。先ほど感じた失望は既に消えている。

好きになる種類のカワイイ、か。

……俺にはそれがないんかもしれん。

ともあれ、禄朗が真面目に答えてくれたことは確かだった。

「ありがとう」

思わず礼を言う。まともに返答してくれたのは彼が初めてだ。うまい説明とは言えないけれど、参考にはなった。

一方の禄朗はきょとんとする。

「ありがとうて、何がですか？」

「答えてくれたから」

「何で好きになるかをですか？」

頷いてみせると、禄朗は笑った。目尻に皺を刻む笑い方は、先ほど笑ったときとは違う笑い方だ。こちらを見つめるたれ気味の目が細められる。

「伸彦さんて、不思議な人ですね」

「不思議て、何が」

変な人と言われなかったこと。向けられる視線に不審感が滲んでいないこと。その両方に安心して尋ねると、禄朗はゆっくり答えた。

「同じ好きについて聞くんやったら、普通、何で同性を好きになるんやて聞くでしょう」

「そうかな」

「そうです」

禄朗が楽しげに頷いたそのとき、一際涼やかな風が吹いた。禄朗は気持ちよさそうに伸びをする。

長い手足と長い足指に、伸彦は漠然と自由という言葉を連想した。たとえ相手が同性だとしても、誰かを好きになって告白し、愛してきた彼は、自分とは異なる自由な生き物のような気がしたのだ。

「俺、一番のお化けでよかったなあ」

禄朗のつぶやきに、仲彦は首を傾げた。

「お化けに一番とか二番があんのか？」

「そうやのうて。お化け屋敷に入って一番に登場するお化けのことです。一番やったから、仲彦さんと会えた」

こちらを見てニッコリ笑った禄朗から、仲彦はぎくしゃく視線をそらした。明らかに恋情を含んでいるとわかる視線を、まともに見つめ返すことができるほど鈍感ではない。

「俺、おまえのことそういう意味で好きちゃうで」

いい奴だとは思うけれど、それだけだ。

わかってます、と屈託なく応じた禄朗は、けど、と間を置かずに続けた。

「俺は仲彦さんが好きですよ。今日、もっと好きになりました」

仲彦はぎょっとした。

何でやねん。恋愛の意味で好きになるようなこと、何かあったか？

ただベンチに座って話していただけだ。しかも色っぽいことを話していたわけでもなければ、禄朗を楽しませようと会話を工夫したわけでもない。

知り合ったばかりの友達としてなら、確かにこれ以上ないぐらい心地好い時間をすごせたと思うけれど。

「……参考までに聞くけど、何で俺のこともっと好きになってたんや」

恐る恐る尋ねると、禄朗は整った白い歯を見せて笑った。

「そういうとこが、カワイイなあ思たからです。俺の好きな種類のカワイイやったんですね、きっと」

そういうとこてどういうとこやねん……。

伸彦には、やはりわからなかった。


禄朗とは、それから一時間ほど一緒にいて別れた。その一時間の間、特別なことは何もしなかった。互いの携帯の番号を教え合った他は、ベンチに並んで腰かけて、禄朗の劇団のことや伸彦の仕事のことをとりとめもなく話しただけだ。

ただ、話しているうちに昼時になったので、二人でホットドッグを買って食べた。ケチャップとマスタードがたっぷりかかった熱々のそれは、実に旨かった。以前、重美と食べたときはそれほど旨いとは思わなかったから、伸彦は驚いた。業者変わったんか？　と尋ねると、禄朗はいいえと首を横に振った。その顔にはなぜか楽しげな笑みが浮かんでいた。

肝心の指輪を返してもらっていないことに気付いたのは、マンションに帰ってからだ。あ、と一人声をあげ、伸彦は苦笑した。

重美にふられたのは、ほんの一週間ほど前だ。緑朗が指輪をはめてしまったのも一週間ほど前である。それなのに、どちらも随分昔の出来事のように感じられた。絶望感や孤独感が消えたわけではないけれど、のしかかるほど重くはない。

緑朗のおかげやろな、やっぱり……。

不思議な男だと思う。

見栄や虚飾とは無縁の、正直な男。

男女問わず、彼のように自然体でいる人間には会ったことがない。損得抜きで付き合っているはずの学生時代の友人たちですら、会えば大なり小なり己を大きく見せようとしたり、優位に立とうとしたりするものだ。伸彦自身も無意識のうちに上辺を飾ってしまうときがあるから、お互いさまだが。

ああゆうのってゲイやからやろか。

マイノリティとして様々な経験を積んできているから、虚勢を張らないのか。

けど、マイノリティゆうても人それぞれやろうし……。

そんなことを考えつつバスルームを出た伸彦は、部屋に戻って携帯電話をチェックした。

緑朗からメールが来ている。件名は、ありがとうございました。

今日は来てくれてありがとうございました。いろんな話ができてめちゃめちゃ楽しかったです。ところで、伸彦さんが帰った後、指輪を返してないことに気が付きました。ごめんなさい。今度会ったときに返します。今度いつ会えますか？　連絡ください。

絵文字がほとんど入っていないメッセージを読み終えた伸彦は、小さく笑った。

女を口説(くど)く男のメールや。

来てくれた礼を言って、楽しかったと告げて、次に会う約束をとりつける。伸彦もこうしたメールを何度か送ったことがある。

誰が打っても同じ、無個性な文字の羅列(られつ)。本心でなくても簡単に打てる文章。

しかしたぶん、心から綴(つづ)られたメールには行間からあふれるものがあるのだ。現に禄朗のメールからは、彼が携帯の文字を打つ姿が想像できた。今度いつ会えますか？　――そう打ったときの表情を思い描くことができる。きっと目は真剣だっただろう。けれど口許は緩んでいただろう。

俺のメールからは、そういうのが何も感じられんかったんや……。

だから重美にも、過去の女性にもふられてしまった。

ふいにピリリリリ、と携帯が音をたてて、伸彦は驚いた。危(あや)うく落としそうになった携帯を、慌ててつかまえる。

画面に出ていたのは大学時代の友人の名前だった。重美を紹介してくれた人物だ。

別れたて聞いたんやろな……。

苦い笑みを浮かべながら通話ボタンを押し、はい、と応じる。

『あ、柾木？　俺』

「おう、久しぶり」

落ち着いた口調で答えると、彼は案の定、咳き込むように尋ねてきた。

『おまえ、重美ちゃんと別れたてほんまか。しかも重美ちゃんが男作ったて』

「ああ、うん。まあな」

『何でやねん。おまえ浮気でもしたんか』

「まさか」

『せやろ。柾木は浮気なんかせんよな。今時ありえんぐらい真面目で誠実やもんな。せやから俺も紹介したんや。けどそしたら何で男作んねん』

どうやら友人は、伸彦が重美にふられたと聞いたばかりらしい。興奮冷めやらぬ状態である。いや、興奮しているというより怒っているようだ。

『浮気ばっかする男に捨てられて、そういう男だけは嫌や言うたんは向こうやぞ。とにかく誠実な人がええて言うたんや。それやのに自分が浮気か。おまえは結婚も真剣に考えてたのに、どういうことやねん』

我がことのように息巻く彼に、内心戸惑う。大学時代にふられたとき、同情して励ましてくれた友人はいたけれど、こんな風に怒った友人はいなかった。

　俺は別に重美に対して怒ってへんけど、一緒に怒った方がええんやろか。

　それとも浮気相手に対して怒った方がいいのか。あるいは怒らずに、ただ落ち込んでいるふりをすればいいのか。

　結婚まで考えていた彼女に浮気されてふられた男は、こうした場合どんな受け答えをするのだろう。

　わからなくて、う－ん、と伸彦はうなった。咄嗟に言葉が出てこなかったのだ。

『う－んとか言うてる場合か！　ほんまあのコ最低やな！』

　重美を紹介した手前もあるのだろうが、彼の怒りは激しい。どうにか宥めようと、わからないなりに言葉を紡ぐ。

「けど、重美だけが悪いわけやないから」

　これは真実だ。

　ほんまに悪いんは俺やし。

『はあ？　おまえは何も悪いことないやろが！　……つ－かすまん。おまえ大丈夫か？』

　ようやく怒っている場合ではないと気付いたらしい友人が、心配そうに尋ねてくる。

　伸彦は思わずほっと息をついた。

「ああ、何とか。こっちこそすまん。おまえには連絡せなあかん思てたんやけど」

『そんなんええて。ふられてそんなとこまで気ぃまわるかいな。俺も昨日の夜出張から帰ってきて、今日聞いたばっかなんや』

怒りから一転、しきりに気遣う友人に、伸彦は大丈夫やとくり返した。近いうちに飲もうと約束して通話を切る。

いつのまにか、全身が汗に濡れていた。そう長くはないやりとりだったが、相当緊張していたようだ。心臓も早鐘を打っている。

俺、どっかおかしかったやろか……。

彼女に浮気されて捨てられた男を、ちゃんと演じられただろうか？

ふと気が付いたときには、今日登録したばかりの禄朗の番号を呼び出していた。迷うことなく通話ボタンを押す。呼び出し音は二回で途切れ、間を置かずに禄朗の声がした。

『伸彦さん？』

開口一番呼ばれて、うんと頷く。

「突然ごめん。聞きたいことがあんねん」

『何ですか？』

伸彦の急いた物言いとは反対に、禄朗は落ち着いていた。迷惑そうではない。むしろ嬉しそうだ。

そんな彼に安心して、伸彦は早速尋ねた。

「もしめっちゃ好きな相手に浮気されて捨てられたら、おまえやったらどないする？」

『そうですねえ』

数秒、沈黙があった。考えているらしい。

『とりあえず、相手を責めますね。それか泣くかも。あと、浮気相手のとこ行って暴れるかもしれません』

「捨てられて一週間経ってても？」

『一週間ですか？　それやったらちょっとは冷静になってるかも。浮気相手んとこで暴れるんはなしかな』

緑朗はあくまでものんびり、しかし真面目に答える。なぜそんなことを聞くんだと尋ね返されないことを幸いに、仲彦は更に質問した。

「そしたら浮気して自分を捨てた相手のことはどう思う？　やっぱり憎たらしい？」

『それはケースバイケースや思いますけど、めちゃめちゃ好きな相手やったら、きっと好きなままですね』

「えっ、そうなんか？　浮気されても？」

『ええ。ほんまは恋人が悪いんやとしても、最終的に悪いんは浮気相手やて思てしまいますから。ほら、恋は盲目ていうでしょう』

はあ、と仲彦は間の抜けた声をあげた。

てことは重美だけが悪いわけやないて言うたんは、ある意味正解やったわけや。

思わずほっと息をつくと、電話越しに小さく笑う気配がした。

『他に質問はありますか?』

穏やかに問われて、急にばつが悪くなる。

禄朗には、今の話が伸彦自身のことだとわかっただろう。何しろ彼は伸彦がふられた現場を見ているのだ。それでも敢えて何も聞かず、質問に答えてくれた。

「いや、ない。あの、ありがとう。急に変なこと聞いてごめんな」

『謝らはることないですよ。俺に聞きたいことがあったら、いつでも電話ください』

柔らかな口調に無理をしている様子はなかった。バカにすることも邪険にすることもなく応じてくれた彼に、何とも言えない温かな気持ちになる。

禄朗には、今まで誰にも聞けなかったことが聞ける。彼には聞いてもいいのだ。

そう思うと、再び安堵の吐息が漏れた。

「禄朗、さっきはメールありがとう。今度の日曜やったら一日空いてるから」

『そうなんですか? 俺、日曜の午前中はお化け屋敷なんですけど、午後は空いてるんです。午後から会いませんか?』

禄朗の誘いに、うん、と伸彦は素直に頷いた。

次に会う場所と時間を決めて通話を切った後、伸彦は全身に染み出していた嫌な汗が引いていることに気付いた。肩の力も抜けている。禄朗とのやりとりで、少しも緊張しなかった証拠だ。

それどころか、彼に緊張を解してもらった。随分と気持ちが軽くなっている。

恋愛の意味では好きになれんけど、友達としては最高かもしれん。


「カラサちゃんて、何で目も足もひとつなんですかね。手は二本あんのに」

真顔で問われて、豚肉のしょうが焼きを口に運びかけていた伸彦はきょとんとした。

「何でってそら……、から傘お化けが目も足もひとつで、手は二本やからやろ」

あ、そおか、と正面に腰かけた禄朗は頷く。

場所は役所の近くにある、ごく庶民的な食堂だ。狭い店内は夕刻とあって大勢の人で混み合っており、テーブルは漏れなく埋まっている。

今日の昼休み、禄朗から携帯に電話がかかってきた。仕事が終わる時間に役所へ行きますと彼が言うので、普段からよく利用する小さな食堂で一緒に夕食をとることにしたのだ。

「そしたら何でから傘お化けって、ああゆう形なんかなあ」

伸彦と同じ豚のしょうが焼き定食を食べながら、禄朗は再び首を傾げる。その様子をちらと見て、伸彦は頬が緩(ゆる)むのを感じた。この男は時折奇妙な疑問を持つ。そしてそれを率直に口にする。伸彦にとって、禄朗の言葉は新鮮でおもしろい。

遊園地で『デート』して以降、禄朗とはこうして時折一緒に食事をとっている。今日で確か五回目だ。三週間のうちに五回だから多い方だろう。先日、重美(しげみ)を紹介してくれた友人と飲みに行ったけれど、それも随分(ずいぶん)と久しぶりだった。社会人になってからは、友人たちともそれほど頻繁(ひんぱん)には会っていない。

劇団の稽古(けいこ)の他、お化け屋敷のお化けだけでなく、いくつかのバイトをかけ持ちしている禄朗と会うのは平日が多い。長くても半日、短くて二時間程度しか一緒にいないが、会う回数が重なれば親しみも湧(わ)いてくる。

「山の神さんとか精霊には一つ目一本足が多いらしいから、そっからきたんとちゃうか？」

聞きかじったことをそのまま伝えると、へえ、と禄朗は素直に感心した。

何でそんなことで感心する……。

やはりこの男はおもしろい。

もちろん、おもしろいだけではない。何より落ち着く。嫌なことがあってくさくさしていても、彼ののんびりとした物言いを聞くと、穏やかな気持ちになれるのだ。会う度(たび)に恋愛めいたことを言われるけれど、応(こた)えられない申し訳なさを除(のぞ)けば、それ自体は嫌ではない。むしろ好意を向けられることが心地(ここち)好い。

正直、友人どころか家族といるときよりずっと居心地がいいのだ。だから緑朗の今度いつ会えますか？　というメールに応えて、こうして何度も会ってしまう。

「あ、そおや、伸彦さん」

先に食べ終え、ごちそうさまでした、と手を合わせた緑朗が呼ぶ。

「お返しします。長いことすんませんでした」

テーブルの上に置かれたのは、ベルベットの黒いケースだった。今日までずっと緑朗が持っていたのだ。

久しぶりに目にするケースに胸が痛む。が、想像していたよりずっと弱い痛みだったので、伸彦は顔をしかめることもなく箸をおろし、ほうじ茶を飲んだ。

「持っててくれてよかったのに」

「もうそろそろええかなって」

「そろそろて、何が」

「これ返しても、伸彦さん俺と会うてくれるでしょう？」

のんびりと問われて、伸彦は瞬きをした。緑朗はニッコリ笑う。彼が指輪を返さなかったのは、会う口実をなくさないためだったようだ。

そうまでして俺に会いたかったんか。

悪い気はしなかった。それどころか、胸の辺りがやけにくすぐったい。最近、緑朗に好意を示されると、こんな風にふわふわとした甘い気分になる。

「……別に、今までかてこんなんのうても会うてた思うけど」

なぜか禄朗の顔を見ていられず、伸彦は素っ気なく言った。禄朗が小さく笑った気配がする。

「そうなんですか？」

「そおや。どうせ捨てるもんやて言うたやろ」

「それはそうですけど、でも嬉しいです」

ストレートな言葉に、ちらと禄朗を見遣る。

たれ気味の双眸は、愛しいものを見るときのように細められていた。目尻に皺が刻まれている。優しげな視線が向かう先は、伸彦一人だ。

あ、禄朗今、俺のことカワイイなあて思てる。

そしてたぶん、更に好きになっている。

胸の辺りがまたくすぐったくなった。

禄朗の気持ちがわかるようになったのも、ここ最近だ。今し方のようなぶっきらぼうな物言いや、深く考えず何気なく言った言葉。真剣な問いかけや笑顔。そうした他愛ないものを彼はカワイイと思うらしい。それらが禄朗の『好きになる種類のカワイイ』なのだろう。伸彦としては、正直、なぜそんなことで好きになるのか不思議だ。

変な奴。――そう思う一方で、カワイイと思われること、そして好かれることが嫌ではない自分も、どこかおかしいのかもしれない。女性に好意を寄せられたときは、負担にしかならなかったのに。

「伸彦さん」

柔らかく呼ばれて、慌ててケースに視線を戻す。

「何？」

「それはめたん、わざとです」

「……は？」

「それはめたん、わざとです」

全く同じ言葉をくり返した禄朗に、伸彦は思わず顔を上げた。禄朗はこれ以上ないぐらい真面目な顔をしている。

「わざとて……、指輪をはめたんがか？」

はい、と頷いた禄朗に、何で、と尋ねかけてやめた。答えはもう出ている。伸彦の連絡先を聞き出すためだ。今改めて思い返すと、しつこくメールを送ってきたのも好きという気持ち故だったのだろう。

あくまでも真剣な顔でこちらを見つめてくる禄朗に、伸彦は思わず笑ってしまった。

どんだけ俺のこと好きやねん。

禄朗が指輪をつけたあのときは、まだ初対面だったのだ。それなのに。

「それ俺に言うてしもたらあかんやろ」

知らないうちに声が弾むむ。実際、気持ちも弾んでいた。体が宙に浮いたような、不思議な心地だ。二十六年生きてきて、こんな感じは一度も経験したことがない。

「そうですか？」

「そおや。騙しやがったな俺が怒ったらどないすんねん」

笑いながら言うと、禄朗は首を傾げた。

「伸彦さんは怒らはらへんて思たから」

「何で」

「何ででですかね。伸彦さんが俺のこと、ちょっとずつ好きになってきてるてわかるからかもしれません」

やはりのんびり言われて、伸彦はハッと笑いを止めた。高揚していた気持ちが一気に冷める。はしゃいでいた自分が急に恥ずかしくなった。

禄朗といると、かつてないほどリラックスできる。それは事実だ。

好意を向けられることが負担にならない。それも事実だ。

しかしこれは恋愛ではない。こんな穏やかな気持ちは、恋愛ではありえない。

もともと俺は、恋愛の意味で人を好きになれん人間なんやし……。

禄朗、と改まって呼ぶと、はい、と禄朗も生真面目に応じた。

「俺は確かにおまえが好きや。おまえとおるんが一番居心地がええ。けど、何べんも言うけど、恋愛の意味では好きやないねん」

眉をひそめ、声を潜(ひそ)め、会う度に言っている言葉をくり返す。

すると禄朗は、はい、と頷いた。ほうじ茶をすする様子はいつも通り、のほほんとしていて、残念そうな様子は欠片(かけら)もない。

「……ほんまにわかってるか？」

「ええ、わかってます。ここ、定食も旨(うま)いけど茶も旨いですね。それにボリュームあるし安いし。ええ店教えてもうたなあ。近いうちにまた食べに来ましょうね」

うんと頷いてから、伸彦はまたハッとした。今のやりとりで、禄朗と会う約束をしてしまったことに気付いたからだ。

禄朗はニッコリ笑う。

何やかや言うて、こいつのペースに乗せられてる気がするぞ……。

伸彦は苦笑した。

けれど、それも悪くない。

その日の夜、禄朗からメールが届いた。件名は、もうひとつ。

何がもうひとつやねん。

仲彦は首を傾げ、メールを開いた。

今日は一緒に食事ができて嬉しかったです。しょうが焼き旨かったですね。ところで、もうひとつ仲彦さんに言うてへんかったことがあります。前に聞かれた、仲彦さんを好きになったきっかけのことです。俺が指輪はずそうとしてるとき、笑わはったでしょう。そのときの顔がめちゃめちゃかわいかったから、ていうのもありました。

そこまで読んで、仲彦は眉を上げた。かわいいという言葉を目の当たりにしても嫌悪感は湧かない。そんなしょうもないことで好きになったんかとあきれる一方で、禄朗に好かれること自体はやはり嫌ではなかった。硬いベッドに腰かけているはずなのに、柔らかな羽布団の上にいるような錯覚を覚えて身じろぎしつつ、続きを読む。

恋愛の好きやのうても、仲彦さんが俺を好きでおってくれて、俺に笑いかけてくれはるんが俺は嬉しい。せやからまた一緒にご飯食べに行きましょうね。

わざとなのだろう、文末につけられたハートの絵文字に自然と頬が緩んだ。彼がニコニコと笑みを浮かべながらこのメールを打ったことが伝わってくる。

仲彦は空いている日時を素早く携帯電話に打ち込み、送信した。

笑うぐらい、いくらでも笑たんのに。

だった。

変な奴。――そう思いつつベッドに潜り込んだ伸彦の頬は、眠りに落ちてからも緩んだままだった。


「どうもどうも！　どうでしたかホンは！」

会議室のドアを開けるなり飛んできた定家の声に、伸彦は苦笑した。彼は声が大きい。

部屋には定家だけでなく、禄朗もいた。いきなり禄朗と目が合って小さく笑ってみせると、彼も微笑む。

「お待たせしてすんません。どうぞ座ってください」

笑顔で促したのは、伸彦の横にいた峰岸だ。立ち上がっていた二人は素直に腰を下ろす。学校の先生に着席と言われた小学生のようで、何とも言えずおかしい。

「遠いとこをわざわざ来てもろてすんません。暑かったでしょう」

頭を下げた峰岸に、定家は両手を振る。

「ちょうど近くに用事がありましたんで。こっちこそ、こないだは稽古場まで足運んでもろてすんませんでした。おまけに用もないのについてきたこいつにまで茶ぁ出してもろて」

定家に頭を小突かれた禄朗が、すんませんと頭をかく。その様子を見た峰岸は楽しげに笑った。

「いえいえ、劇団の方のお顔も見せてもらえた方が嬉しいです」

用もないのに来たて、それって俺に会いに来たってことか……？

定家と禄朗の正面に腰かけた伸彦は、ちらと禄朗を見た。また目が合う。禄朗は嬉しそうにニッコリ笑った。どうやら本当に伸彦に会うためについてきたらしい。

この前の土曜にも会うたのに。

あきれる一方で、すっかり馴染みになった、けれど不思議と新鮮さを失わないくすぐったいような気持ちになる。

自然と緩んだ頬を、伸彦は慌てて元に戻した。今は仕事中なのだ。浮かれている場合ではない。峰岸に軽く頷いてみせてから、定家に視線を移す。

「書き直していただいた脚本で完璧でした。あれで進めていただけますか」

落ち着いた口調で言うと、定家は嬉しそうに笑った。

「そうですか！　どこまで許されるかわからんかって、すんませんでした」

「許されるて、どんなホン書いたんですかサダさん」

禄朗の問いに、フツーやフツー、と定家は答える。

「カラサちゃんが子泣き爺に食べられるシーンがあって、そこだけ書き直してん」

「コワッ。何で子泣き爺がから傘お化けを食う……」

「アホ、グロイ想像すな。ファンタジィやファンタジィ！」

二人のやりとりに、伸彦は笑った。峰岸もおかしそうに笑う。

伸彦が定家宅を訪ねてから約二ヵ月。定家が出した三つの条件は難なく通り、『カラサちゃんとおともだち』の企画は正式に『なにわドードー』に依頼することになった。

定家が書き上げた脚本にチェックを入れたのは十日ほど前だ。峰岸と矢野、そして定家も交えて子供向けの企画には不適切と思われる箇所の代替案を出し合い、新たに書き直してもらった。その脚本を再度検討した結果、これでいこうという話になったのである。

「手間かけさしてすんませんでした」

頭を下げると、いえいえとんでもない、と定家は手を横に振った。

「ちょうどお化け屋敷シーズンが終わったんで、早速稽古に入らしてもらいます」

ニッコリ笑った定家は麦茶を飲んだ。禄朗も旨そうに麦茶をあおる。

打ち合わせは可能な限り顔を合わせて行った方がいい。それは峰岸に教わったイベントを成功させるコツのうちのひとつだ。だから今日もこうして、近くまで来る用事があるという定家に出向いてもらった。

「けどさすがプロの方ですね。脚本読んだだけで凄くおもしろかったです」

峰岸の言葉に、定家は照れたように頭をかく。

「そう言うてもらえると嬉しいです。僕も子供向けのホン書くんは初めてやったんで、ええ経験させてもらいました」

脚本は本当におもしろかった。アマチュアの劇団とは明らかに違う。企画はきっと当初の予定より、かなりいいものになるはずだ。

「あ、ちなみにカラサちゃんには僕とロクローが入りますんで。カラサちゃん、想像してたよりずっと大きいてびっくりしましたわ。カラサちゃんていうより、カラサどん！　て感じやったもんなあ」

どん！　に力を込めて言った定家に、伸彦と峰岸はまた笑った。

「カラサちゃんの一本足に足を二本入れなあかんでしょう。そしたら脚が太なって、全体のバランスを考えて作ったら大きいなってしもたらしいんですよ」

「こないだいっぺん着てくれはってわかった思いますけど、とにかく動きにくいですから。転ばんように気ぃ付けてくださいね」

峰岸の説明に続けて言うと、横顔に禄朗の視線を感じた。彼は先ほどからずっとこちらを見つめているが、そうして見つめられること自体も嫌ではない。

ちらと見遣ると、禄朗はまたニッコリと微笑んだ。伸彦も目で笑み返す。

親しい間柄の者だけに通じるアイコンタクト。それが既に、禄朗との間に成り立つ。

この二ヵ月、週に一度か二度は禄朗と会っている。会い続けているのはやはり、禄朗といると落ち着くからだ。禄朗は相変わらず恋愛めいた言動をとるが、しつこくはないので気にならない。――友達だけれど、百パーセント友達とは言い切れない。今のところ、そんな関係だ。

「それで、ゲーム進行はどなたがしてくださるんでしょうか」

尋ねた峰岸に、定家は、ああと頷いた。

「雪女役の青山がやります。いろんなイベントで司会やってるんで安心してもろて大丈夫ですよ。今度の打ち合わせせんときに連れてきますわ」

「それは楽しみやわ。ぜひお願いします」

峰岸と共に下げた頭に、また禄朗の視線を感じた。それが友達に向ける視線ではないことは、いかな伸彦にもわかる。

俺は今のままでええけど、禄朗はええんやろか……。

最近、そんなことを考えるようになった。

恋愛の意味では好きではないと言う度、わかってますと禄朗はのんびり答える。がっかりした様子や寂しげな様子は微塵も見せない。

しかし恋愛感情を持っているなら、今のような生温い関係は不満なのではないだろうか。

だからといって、こちらに気持ちを要求されても困るのだが。

　仲彦が役所を出たのは、日が落ちた後だった。イベントの準備は順調で、今のところ残業の必要はないのだが、連続してかかってきた問い合わせの電話に答えているうちに帰宅が遅れてしまったのだ。

　建物を出ると、蒸し暑さがねっとりと体を包み込んだ。あと数日で九月に入るが、暑さと湿気は一向に去る様子がない。通勤の足である自転車がとめてある駐輪場へ歩き出したものの、歩調は重かった。

　今日もコンビニ弁当にするか……。

　役所近くの食堂は、老夫婦が営んでいるせいだろう、七時で閉まってしまうため、このところコンビニの弁当で夕食を済ませているのだ。本当は自炊した方がいいのだろうが、こう暑いと気力が湧かない。

　我知らずため息を落としたそのとき、仲彦さん、と呼ばれた。ハッと顔を上げる。

　植え込みの脇に、禄朗が立っていた。ぴょん、と跳ねるようにして仲彦の前に出てくる。百八十センチ強の長身は到底、ぴょん、というサイズではないのだが、彼の動作は不思議と軽やかだ。

「おう、禄朗。昼間はお疲れ」

「仲彦さんこそ、お疲れさんです」

「待ってたんか？」

建物から漏れる淡い光を受けた禄朗は、ニッコリ笑った。

「サダさんのお供の帰りに、またここの前通ったから」

「そか。待たせたか、俺」

もっと早く出てくればよかったと後悔しつつ尋ねると、禄朗は瞬(まばた)きをした。かと思うと嬉しそうに笑う。

「待ち合わせしてたわけやないんですから、待たせるも何もないでしょう。俺が勝手に待ってただけです」

「や、まあ、それはそうなんやけど」

けれど禄朗が待っていたことは事実だ。

そう思ったことが伝わったのか、禄朗は目を細めた。

あ、と伯彦は心の内だけで声をあげる。禄朗がこんな顔をするときは、伸彦をカワイイなあと思っているときだ。

気を持たせているつもりは毛頭(もうとう)ない。が、禄朗のそうした態度をくすぐったいと感じている時点で、気を持たせていることになってしまっているのかもしれない。

禄朗はほんまに、こんな付き合いでええんやろか……。

「そんな待ってません。それよりこれから夕飯でしょう。一緒に食べませんか？」

「ああ、うん」

何となく気まずい気分で頷いてみせる。一方の禄朗は、そんな伸彦の様子に気付いているのかいないのか、ごく自然に横に並んだ。

「どこ行きます?」

「せやなあ、ここんとこコンビニの弁当ばっかやったから、普通にあったかい飯が食えるんやったらどこでもええわ」

軽い口調で言うと、えー、と禄朗が声をあげた。

「そらあきません。体に悪い」

「体に悪いんは重々わかってます。わかってても、自炊するん面倒で」

「そしたら俺作りましょうか」

あっさり放たれた申し出に、え、と今度は伸彦が驚きの声をあげた。

「おまえ、料理できるんか」

「できますよ。自炊した方が安いですからね。学生んときからけっこうマメに作ってます」

ふうん、と伸彦は素直に感心した。感心してから、はたと我に返る。友人の中に、女性の部屋に入りたいがために料理の腕を磨いた者がいたことを思い出したのだ。

伸彦もカレーやシチューといった簡単な料理なら、重美をはじめとする女性たちにふるまったことがある。もっとも伸彦の場合は口説くためではなく、純粋に喜んでもらうため、そして喜んでいる彼女らを見て少しでも好きになろうとしたためだったのだが。

「二人きりになって何かするんが目的とか」

警戒して尋ねると、禄朗はきょとんとした。思いもよらなかったらしい。そうですねえ、と首を傾げる。

「仲彦さんがしてほしいんやったら、しますけど」

「してほしいないしてほしいないっ」

慌てて否定すると、禄朗は笑った。

「そしたらしません」

「……ほんまか」

「しません。信じてください」

真面目な顔で言った禄朗は、しかしまたすぐ楽しげに笑う。包み込むような視線から、禄朗が仲彦をカワイイなあと思っていることが伝わってきた。

せやから。今の俺の、どこらへんがカワイイねん……。

内心でツッこみつつも、胸の奥がくすぐったくてたまらなかった。声をあげて笑い出したくなるようなその感覚は、やはり嫌ではない。

「仲彦さんて、仕事してはるときと素のときと雰囲気ちゃいますよね。仕事してはるときは落ち着いてはって静かな感じで。けど素のときは、てゆうか俺と一緒のときは、かな。ちょっとガチャガチャしてはる」

「がちゃがちゃ？」

自転車に鍵を差し込みつつ鸚鵡返（おうむがえ）す。今日まで生きてきて、ガチャガチャしているなどと言われたのは初めてだ。

「ええ、ガチャガチャ。賑（にぎ）やかで明るい」

穏やかな口調に、仲彦は瞬きをした。自転車のハンドルに向けていた視線を、少し離れたところに立っている禄朗に移す。

「俺、賑やかで明るいか？」

「基本は静かで落ち着いてはる思いますけど、たまに」

「たまに」

仲彦は再び鸚鵡返した。たまにでも、賑やかで明るいと言われたことなど一度もない。家族も友人たちも、仲彦を物静かだと評してきた。だから自分でも自分をそういう人間だと思ってきた。

何とも言えない不思議な気持ちだった。この年になって、知らなかった己（おのれ）の一面に出会うなんて。

仲彦さん、と禄朗が柔らかな声で呼ぶ。

「食べたいもんありますか？」

「え、ああ……、カレー」

ふと思い浮かんだものを言う。

すると禄朗は小さく噴き出した。

「カレーてえらいハードル低いですね。他にはないんですか？」

「え？　そしたら肉じゃがとか餃子とか」

「カレーと肉じゃがと餃子ね。いっぺんに作るんは無理やなあ。とりあえず今日はカレーにしましょうか。肉じゃがと餃子は今度で」

並んで歩き出しながら言った禄朗に、うんと頷く。

……何かまた、禄朗の思うツボにはまった気がする。

しかし不快ではなかった。それどころか楽しい。肌にまとわりついてくる蒸した空気も気にならない。

カレーのルーは甘口ですか、中辛ですか、辛口ですかと尋ねる禄朗に、少し迷ってから中辛と答える。付け合わせは福神漬ですか、ラッキョウですかと問われて、福神漬と即答する。ピーマン入れても平気ですかと聞かれて、何じゃそらとツッこむ。ピーマン入れると苦味が出て旨いんですけど、ピーマンが苦手な人にとっては不味いらしいから。

他愛ない会話を続けつつ駐輪場に近い裏門から外へ出ると、伸君、とふいに聞き慣れた声で呼ばれた。反射的に足が止まる。

門の側に佇んでいたのは、重美だった。

たちまち浮き立っていた気持ちが凍りつく。

「ちょっと話できるかな」

遠慮がちに、けれど行く手を阻むように前に立った重美に、伸彦はこくりと息を飲んだ。

今更、何の用や。

他に男を作っていたとはいえ、彼女を憎んだり恨んだりはしていない。悪いのは、愛していないくせに愛しているふりをしていた自分だ。

けれど顔を合わせたくはなかった。この二ヵ月、禄朗のおかげで忘れかけていた誰も愛せない自分を、彼女は否応なしに意識させる。

「や……、これから、ちょっと」

用事あるから、と続けた言葉は、伸彦さん、と呼ぶ禄朗の声に遮られた。反射的に隣に立っている男を見上げる。

動揺している様子はなかった。落ち着いた黒い双眸が、まっすぐ見下ろしてくる。

「今日は帰ります」

「や、でも」

「ちゃんと話した方がええですよ」

ね、という風に笑った彼は、重美に軽く頭を下げた。そしてためらう様子もなく伸彦から離れかける。

「あ、ちょっと」

考えるより先に、伸彦は禄朗の腕をつかんだ。

辺りは暗かったが、禄朗が目を丸くしたのが見てとれる。

「そこの先のコンビニで待っててくれ」

伸彦は早口で言った。心細さや不安から出た言動なのか、あるいは、もっと別の何かから出た言動なのか。自分でもわからないまま言葉を紡(つむ)ぐ。

「すぐ終わるから」

「けど……」

禄朗はやりとりを見守っている重美に視線を向ける。

伸彦は知らず知らずのうちに、禄朗の腕をつかむ手に力をこめた。

「すぐ終わる」

必死になっている自分を感じつつくり返すと、禄朗はじっとこちらを見つめてきた。やがて、ゆっくり頷く。

「わかりました。そしたらあそこのコンビニで待ってます」

ほっとして頷き返した伸彦は、つかんでいた腕を放した。ニッコリ笑った禄朗は、重美に再び会釈(えしゃく)をしてコンビニの方へ歩き出す。

広い背中を見送った伸彦は、思わず安堵(あんど)の息を吐いた。禄朗が待っていてくれる。ただそれだけで、随分(ずいぶん)と気持ちが落ち着いた。これで少しは冷静に話ができそうだ。

「伸君」

呼ばれてぎこちなく視線を戻すと、重美は微笑んだ。

「友達？」

「ああ、まあ」

……まあて何やねん。

友達だとはっきり答えない自分に驚く。禄朗は友達以外の何者でもないのに。

押し黙ると、重美は突然勢いよく頭を下げた。

「こないだは、ごめんなさい」

え、と仲彦は声をあげた。まさか謝られるとは思っていなかったのだ。

重美は頭を下げたまま続ける。

「言いがかりみたいなこと言うてごめん。伸君、いっつも私のこと考えて優しいしてくれてたのに、私、わがままやった」

仲彦はまじまじと重美を見つめた。

重美は何を言うてんのや。重美はわがままなんかやなかった。

それに俺は、重美のこと考えて優しいしたわけやない。俺は俺のために優しいしただけや。

仲彦の心の声を打ち消すように、重美は言葉を紡ぐ。

「仲君が優しいしてくれるんに慣れてしもて、麻痺してたんや。彼も……、仲君に黙って付き合うてた人も、仲君と別れた言うたら急に冷とうなって……。彼、ほんまの私なんか見てへんかったんよ。私のことちゃんと見ててくれたんは、やっぱり仲君やったんや」

顔を上げた重美は自嘲するように、そして媚びるように笑った。どうやら二股をかけていた相手にふられてしまったらしい。

本当なら、勝手なことを言うな、と怒るべきところなのかもしれない。

しかし仲彦はただ、違う、と思った。

違う。何もかも違う。

「仲君、私との結婚考えてくれてたんやろ？」

小さな声で問われて、仲彦は完全に言葉を失った。

二ヵ月ほど前は確かに考えていた。結婚したかった。結婚すれば何かが変わるかもしれないと思った。

仲彦の沈黙を肯定と受け取ったらしい重美は、ほっとしたような息を吐く。

「真紀ちゃんのカレシに聞いてん。仲君、ほんまに私のこと真剣に想てくれてたて。あの日、私の誕生日やったもんな。ひょっとしてプロポーズとか、考えてくれてた？」

無言で突っ立っているだけの仲彦に、重美は一歩、近付いてきた。

「まだ、間に合うかな。私を、仲君のお嫁さんにしてくれる？」

しん、と沈黙が落ちた。裏門から出てきた自転車通勤の職員が、こちらを見て見ぬふりをしながら通りすぎる。

二ヵ月前なら嬉しいと思っただろう。愛する女性と結婚できることに対してではなく、一人にならずに済むことに対して嬉しいと思ったはずだ。彼女の浮気など気にとめなかったに違いない。

しかし重美はあのとき、はっきりと言った。

伸君、私のこと好きちゃうやろ！

「……俺が」

掠れた声が出た。既に安心しきった顔をしていた重美が、え、と声をあげる。

「俺が、おまえのこと好きやないて、おまえは思たんやろ。あのとき、そう言うたよな」

「それは……」

「それやのに何で、今になってそんなこと言うんや」

責める口調にはならなかった。静かな、淡々とした口調になった。

重美を責める権利は俺にはない。

ただ疑問だった。なぜ自分のことを好きではないとわかっている男と、よりを戻そうとするのか。

重美は一瞬、顔を歪めた。が、その歪みを打ち消すように笑みを浮かべる。

「あれは私の勘違いやったんや。仲君、ほんまに優しいし、大事にしてくれるし。好きやなかったらあんなに優しいできんもん」

どこか必死な物言いに、仲彦は悟った。重美は愛されていないとわかっているのだ。わかっていながら、その事実に目をつぶろうとしている。否、愛されているのだと無理やり自分に言い聞かせている。

なぜだ。友人にあんな誠実な男はいないと諭されたからか。仲彦のように優しい男はもう二度と現れないと、浮気相手にふられて思い知ったのか。

誠実な男。優しい男。――どちらも偽者なのに。

「重美」

呼んだ声が穏やかだったせいだろう、重美の顔がパッと輝く。

「おまえやったら、俺なんかよりもっとええ男見つかるて」

「仲君……」

「ごめん」

仲彦は深く頭を下げた。重美が息を飲む気配がする。

「何で……？　仲君、私と結婚するつもりやってんやろ？　私のこと好きなんやろ？」

黙っていると、ハンドルを持つ腕を強くつかまれた。

「もう絶対、浮気なんかせん。ほんまや。絶対や。ずっと仲君のこと好きでおるから、やり直して。お願い」

腕を揺すぶられて、伸彦は重美を見下ろした。曲がりなりにも一年間、付き合った女性。かわいいとは思ったけれど、どうしても愛することができなかった女性。今、初めて本当の彼女を見たような気がする。

伸彦と付き合わなければ、重美は浮気などすることはなかっただろう。その浮気相手に冷たくされ、傷つくこともなかった。こんな風に、よりを戻してくれと恥も外聞もなく懇願する必要もなかった。

結婚なんて考えなければよかった。

いや、好きでもないのに最初から付き合うべきではなかったのだ。己の不安と孤独を埋めることばかりに気をとられ、重美を傷つけていることに気付かなかった。

俺は、最低や。

伸彦は項垂れた。

「……ごめんな」

重美が息を飲む音が聞こえた。腕をつかんでいた指先が、ぎこちなく離れる。カツカツカツ、とヒールがアスファルトを打つ音がした。乾いた足音はあっという間に遠ざかる。

残された伸彦は、ただ突っ立っていた。帰宅ラッシュが終わったせいだろう、街灯に照らされた薄暗い路上に人の気配はない。

これでほんまに、一人になった……。

重美が仲彦の前に現れることは、二度とないはずだ。

肌に触れる空気は熱いのに、全身が冷たかった。どうしようもない孤独感が骨にまで沁みてくる。

それでも、もう絶対に誰かと付き合うことはすまいと思う。誰も好きになれないのは仲彦の勝手だ。そのことに他人を巻き込んではいけない。

「仲彦さん」

呼ばれて、仲彦はハッと振り返った。コンビニの袋を下げた禄朗が、ゆっくり歩み寄ってくる。今日も彼はゴム草履を履いており、ペタ、ペタ、と間の抜けた音がした。

その長身が視界に映った途端、孤独感が霧散するのがわかった。かわりに生じたのは、痺れるような安堵感だ。ほっとするあまりか、咄嗟に声が出てこない。

無言で見上げると、彼は何事もなかったかのようにニッコリ笑った。

「帰りましょか」

反射的に頷きかけた頭を、仲彦は止めた。

俺は今禄朗に、重美にしたことと同じことをしてるんとちゃうのか。

恋愛感情を持てないと最初からわかっていたのに、付き合っている。

「ごめん、禄朗」

思わず謝ると、禄朗はきょとんとした。

「何がですか」

「俺、おまえのこと好きちゃうのに……」

口ごもった仲彦に、禄朗は瞬きをする。しかしすぐ、あっさり頷いた。

「知ってます」

「え」

「仲彦さんが俺のこと好きやないて、知ってます。最初にも言われたし、その後も何回も言われてますから」

のんびり言われて、へ？　と仲彦は頓狂な声をあげてしまった。

「ああ……、そか。せやったな」

禄朗はさしてそのことを気にしている風もなく、はいと再び頷く。

確かに禄朗には、恋愛感情は持てないと何度も告げてきた。

そしたら重美のときと今とでは、話が違うんか？

重美には好きだと言った。嘘をついた。一方の禄朗には、好きだとは言っていない。嘘はついていない。確かに違う。違うけれど。

禄朗はまたニッコリ笑った。

「スーパー寄って、カレーの材料買うて帰りましょう。帰ったらすぐ作りますから」

「うん……」

促されて歩き出しつつも、伸彦は腑におちないものを感じていた。

けどやっぱり、この状況は不自然やないか？

俺は禄朗が好きやのうても、禄朗は俺が好きなんやから。


禄朗が作ってくれたカレーは、コクと苦味があって旨かった。市販のルーを使っているのに今まで食べたことがない味だったので、何かコツがあるのかと尋ねると、彼は笑った。

「ピーマンの他にチョコを入れたんですよ」

「チョコ？　さっきそんなん買うたっけ」

伸彦は禄朗が洗った皿を拭きながら首を傾げた。スプーンを洗いつつ禄朗が答える。

「コンビニで買うたんです。何も言われんかったらそのまま隠しとこう思たんですけど、わかってしもたみたいですね」

「わかるて。自分で作るんと全然違て、めっちゃ旨かったから」

「そうですか？　そらよかった」

嬉しげに笑った禄朗に、胸が痛む。この痛みは罪悪感からくるものだ。

スーパーで買い物をした後、マンションまで禄朗と歩いて帰った。カゴに買い物袋を入れた自転車は、禄朗がひいてくれた。帰り道もマンションに着いてからも、重美のことは話さなかった。いつものように他愛ない話をしただけだ。

「禄朗、おまえ酒好きか？」

皿を棚にしまいながら言うと、はいと彼は頷いた。食事は何度も一緒にとったけれど、酒を飲むのは初めてだ。

「好きです」

「ビールは？」

「ビール好きです。酒やったら何でも」

「強そうやな」

「そこそこ」

そこそこかと笑って、伸彦は冷蔵庫の扉を開けた。缶ビールを二本取り出し、テーブルの脇に立っている禄朗を振り向く。

いつも通りの殺風景なダイニングだ。重美は恋人の部屋を自分流に飾りたてる女性ではなかった。それに彼女がここへ来るより、伸彦が彼女の部屋へ行く方が多かったから、重美が残した装飾品や家財はない。

それでも禄朗が立っているだけで、荒涼とした雰囲気は薄れる。

「飲もう」

一本差し出して言うと、彼はたれ気味の目許(めもと)を緩(ゆる)めた。はいと頷いて缶ビールを受け取る。そうして二人、ダイニングの横にある部屋へ移動する。

緑朗がいれば、どんな場所でも陽だまりのように暖かくなるのだろう。それはきっと、彼の穏やかな資質によるものだ。

しかし緑朗がこの部屋を訪(おとず)れるのは、今日で最後かもしれない。

自分は誰にも恋愛感情を持てない人間だと、正直に話すつもりだった。そして自分は今まで好きでもない相手と付き合ってきた、最低な男であることも告白するつもりだった。周囲にカムアウト済みにせよ、隠すことなくゲイだと話してくれた彼に、本当のことを言わなければいけないと思ったのだ。

恋愛の意味では好きになれないと、緑朗には最初から話してある。彼は友達でいいと言ったけれど、恋愛感情を捨てはしなかった。ことあるごとに好きだと告げてきた。

今は好きでなくても、いつかは好きになってくれるかもしれない。

そんな期待を緑朗が抱いていて、そのために付き合っているのだとしたら、やはり申し訳ない。これから先も気持ちに応(こた)えることはできないと、はっきり告げなければ。

それで嫌われるとしても仕方がない。緑朗に嫌われて会えなくなるのは辛(つら)い。本当に辛い。

恋愛感情は持っていないけれど、緑朗のことは好きだ。緑朗に恋愛感情を向けられることも少しも嫌ではない。飾らずに素の自分でいられる彼は、今やかけがえのない存在になっている。けど、好きやからこそ、俺の勝手で傷つけたない。

ローテーブルを挟んで向かい合うと、伸彦は早速プルトップを引いた。プシ、と乾いた音がする。

「禄朗」

一口飲んで呼ぶ。なぜか目を合わせられなかった。同じくビールを一口あおった禄朗は、はい、と穏やかに応じる。

「俺な、恋愛できんねん。今までいっぺんも人を好きになったことないんや」

いつもより早口になっているのを自覚しつつ、伸彦はそこまで一気に言った。

驚いた様子も引いた様子もなく、ふうん？　と禄朗は相づちを打つ。

「けど、さっきの人とは付き合うてはったんですよね」

あくまでものんびりとした物言いに、伸彦は頭を振った。アルコールがまわるにはまだ早いのに、なぜか頬が熱い。今まで誰にも話したことがない秘密を打ち明けているせいだろうか。

「好きで付き合うてたわけやなかった。いつか好きになれるかもしれん思て一年ぐらい付き合うたけど、結局好きになれんかったんや。大学んときも高校んときもそうやった。付き合うても誰のことも好きになれんかったし、自分から誰かを好きになったこともない。……付き合うといて好きやないて、最低な話やけど」

最後はつぶやくように言うと、禄朗は首を傾げた。

「てゆうことは、仲彦さん童貞？」

甘口ですか、中辛ですか、辛口ですか、と尋ねてきたときと全く同じ、ごく普通の口調で問われて、仲彦はうつむいた。やはり目を合わせられない。半ば自棄でビールをあおり、どうにか答える。

「セックスは、できるねん」

「インポテンツではない」

「まあな……」

禄朗が口にすると、生々しい言葉も軽やかに聞こえるから不思議だ。

「つまり仲彦さんは、セックスはしたことあっても好きになったことはないんですね。愛のあるセックスはしたことないわけや」

ゆったり言われて、仲彦は言葉につまった。頬どころか耳まで熱い。

俺は、物凄い勘違いをしてた。

愛のあるセックスをしたことがないということは、愛のないセックスばかりしてきたということだ。誠実が聞いてあきれる。本当に最低だ。

「まあでも、世の中広いから。そういう人もおるんとちゃうかなあ。俺みたいに男やないとあかん男もいますしね」

揶揄するでもなくバカにするでもなく、やはりのんびり言われて、や、でも！　と仲彦は思わず身を乗り出した。テーブルに勢いよく下ろした缶が、ガン、と音をたてる。

「おまえはちゃんと人を好きになってきたんやろ。正常や。人間としてまっとうや。俺なんかこの年で初恋もしたことないんやぞ。その上、人のこと傷つけて。俺は最悪の欠陥人間なんや」

長年心に秘めてきた思いを口に出すと、唐突に目の奥が痛んだ。視界の中心にある優しげでいて男っぽい顔が歪む。

止める間もなくポロリと涙がこぼれた。

わ、泣いてしもた。

仲彦は体を引き、慌てて目許に手をやった。手の甲で目をこすりつつ、ごめんと謝る。みっともない。禄朗にはこんなところばかり見られている。

「別に、謝ってもらうことはないですけど」

優しい声が聞こえた。額の辺りに向けられている視線も優しい。

「ひとつ聞いていいですか？」

「……うん」

「仲彦さんにとって、好きてどういう気持ちですか？」

幼子に対するような問いかけだったが、なぜか不快ではなかった。考え考え、口に出す。

「何やっててもその人のことが頭から離れんとか、その人のこと考えただけでドキドキするとか、何も手につかんとか……、毎日会いたいとか、声が聞きたいとか……」

仲彦は次第に声が小さくなるのを感じた。そんな風になったことがないのだから、全て想像だ。いや、想像というより又聞きか。家族や友人たちから聞いたこと、あるいは彼らを見ていて知ったことばかりである。

しばらく黙っていた禄朗だったが、やがてゆっくり口を開いた。

「仲彦さんの周りは、恋愛体質の人が多いんとちゃいますかね」

「レンアイ体質て？」

きちんと顔を上げられなくて、上目遣いで問う。禄朗はやはり優しげな表情でこちらを見つめていた。

「生活の中心に恋愛がある人のことです。ご両親は恋愛結婚ですか？」

「ああ、うん。高校んときの同級生で、大恋愛やて聞いてる。今もめちゃめちゃ仲ええねん。昔から名前で呼び合うてるし、手ぇつないで外出とか当たり前やし」

ほう、とどこか年寄りじみた相づちを打った禄朗は、軽く首を傾げた。

「ご両親がそんなやと、一種の刷り込みですよね。恋愛体質の人ばっかり見てきたから、それが普通や思てしもたんとちゃいますか？　俺は恋愛にも向き不向きがある思うんですけど、仲彦さんは向いてへんだけとちゃうかな。めちゃめちゃ恋愛にハマる人がおるんやから、逆の人もいますよそら」

頷いてみせた禄朗に、仲彦はぽかんと口を開いた。そんな仲彦を勇気づけるように、禄朗は再び、うんと頷く。

「向いてへんだけ、か……？」

「たぶん。向いてへんのに、向いてる人と同じようにしようとするからしんどいんですよ。仲彦さんは仲彦さんのペースでいったらええんとちゃうかな。とにかく、仲彦さんは欠陥人間なんかやないです」

諭す口調に、仲彦は瞬きをくり返した。

向いてへんだけ、なんか？

……向いてへんだけ、なんかも。

仲彦は唐突に、高校時代の化学の授業を思い出した。がんばって勉強したけれど、百点満点中、五十点すらとれたためしがなかった。まあおまえは文系やし、センターで化学とらんかったらええ話やからな、と努力だけは認めてくれていた教師に苦笑された。

向いていないことをどんなに努力しても、成果はほとんど上がらない。

黙って仲彦の様子を見ていた禄朗は、テレビの横に置いてあったティッシュボックスを手にとった。それをテーブルの上に置く。

「どうぞ。仲彦さんのですけど」

「あ……、うん。ありがとう」

素直に礼を言って、ティッシュを抜き取る。抜き取ってから、ハッとした。

肝心なことが言えていない。自分は誰も愛せないのに愛しているふりをしてきた、最低の男であること。そして禄朗の気持ちには応えられないことを伝えなければ。

あの、と声をかけると、禄朗は、ん？　という風に首を傾げる。

「さっきも言うたけど、俺、ほんま最低やねん。好きやないコと付き合うてきたし、セックスも、してきたから」

口ごもると、禄朗は瞬きをした。柔と剛が同居した顔に嫌悪は浮かんでいない。

「伸彦さんから好きやて告白して、付き合うてくれて言うたんですか？」

「や、そうやないけど……」

学生時代の恋人には告白されて付き合った。伸彦から付き合ってくれと言ったわけではない。また、重美とは友人の紹介で知り合った。互いに特別な感情を持たないで付き合い始めたのだ。

「そしたら好きになれんこともあるでしょう。告白されて嫌やなかったからとりあえず付き合うたけど、やっぱり好きになれんかったて別れる人もいますしね。好きやないのに一年は長い気もしますけど、とりあえず今回、浮気してたん彼女の方でしょう？」

のんびりとした禄朗の物言いに、それはそうやけど、と伸彦はうつむいて続ける。

「俺と付き合わんかったら、そんなことには……」

うーん、と禄朗はうなった。

「立ち入ったこと聞きますけど、さっきの彼女、何の用やったんです？」

「……浮気相手にふられたらしい。そんでヨリ戻したいて」

ぼそぼそ答えると、禄朗はまたうーんとうなった。

「伸彦さんは、どう返事したんです？」

「やり直すことはできんて言うた。彼女にはほんまに申し訳ないけど、もともと好きやなかったし……」

ありのままを告げる。今更取り繕っても仕方がない。

ほんの一瞬、禄朗は口を噤んだ。が、すぐに尋ねてくる。

「伸彦さんが彼女をどう思てたかはともかく、浮気してたんは彼女で、伸彦さんは浮気してたわけやないんですよね？」

伸彦はしっかり頷いた。それは間違いない。重美と付き合っていた間、一度たりとも浮気などしなかった。

禄朗が小さく息を吐く音が聞こえてくる。

「愛されてへんからって浮気してええってことにはならんでしょう。一応でも恋人なんやから。他に男ができた時点で、伸彦さんと別れるっちゅう選択肢もあったわけやし。二股かけて天秤かけて、浮気相手を選んだんは彼女や。いっぺん自分がふったくせに、また戻ってきたんも彼女や。勝手ですよね。せやからって、伸彦さんが勝手やなかったとは言いませんけど」

淡々と紡がれた言葉に、仲彦は唇をかんだ。禄朗の言う通りだ。

それでも、あなたは勝手ではない、悪くないと言われるよりずっといい。

事実は事実として受け止めなければ。

「ただ、今そうやって自分がやったこと自覚して、物凄い後悔してはる仲彦さんは、全然勝手やないと思いますけどね」

嫌悪や軽蔑ではなく、優しさを滲ませた口調が耳に届いて、仲彦は思わず顔を上げた。

禄朗はニッコリ笑ってくれた。その顔にも、やはり嫌悪や軽蔑は浮かんでいない。たれ気味の双眸も穏やかだ。

我知らず安堵の吐息が漏れた。

禄朗に嫌われずに済んでよかった。軽蔑されなくて、本当によかった。

けど、どっちみち俺は、禄朗の側にはおれんのや……。

仲彦は自然と項垂れた。手元の缶に視線を落とし、禄朗、と呼ぶ。

「……俺、どっちにしてもそういう人間やから、おまえのこと好きになれんねん。おまえのことは好きや。一緒におると安心できるしほっとするし、めっちゃ居心地ええし。けど、これから先も恋愛の意味では好きになれん」

言い終えた途端に、なぜか胸がズキリと痛んだ。生まれて初めて経験する痛みに驚いて、思わず口を噤む。

何やこれ。

ただ事実を告げているだけなのに。

「俺はかまいませんけど」

間を置かずにあっさり言われて、仲彦は再び顔を上げた。ちょうどビールをあおっていた禄朗は、自分の言葉を追認するように頷いてみせる。

かまいませんて……。かまうやろ。

「おまえ、俺のこと恋愛の意味で好きなんとちゃうのか」

「はい。恋愛の意味で好きです」

「そしたら」

「仲彦さんが俺を好きになってくれるまで待ってますから、かまいません」

のんびりとした物言いに、仲彦はパクパクと口だけを動かした。

禄朗に傷ついている様子はなかった。残念そうな様子もない。いつも通り、のほほんとした雰囲気を漂わせている。

こいつは俺の話を聞いてたんか？

「や、あの、せやから。俺はそういう意味では好きになれんねん。このままやと、おまえを傷つけてまうかもしれん」

「先のことはわからんでしょう。何かの拍子に好きになるかもしれませんし」

せやからそれは、とまた言いかけた仲彦を遮(さえぎ)るように、禄朗は続けた。

「俺とおると居心地がええんでしょう？　そんで充分です。俺は側におるだけでええ」

見栄(みえ)も虚飾(きょしょく)も感じられない率直な物言いに、仲彦はまたパクパクと口を動かした。

側におるだけでええやと？

そんなわけないやろう。

普通、恋愛感情を抱いている相手には、あれやこれやとしたくなるのではないか。それとも、したいのを我慢するのが好きなのか。

しかもその目。

禄朗の双眸は、愛(いと)しげに細められていた。こちらを見つめる視線はひどく優しい。

何で好きになれんて言うた俺のこと、カワイイ思てんねん……。

嬉しいのか悲しいのか辛いのか、よくわからない。けれど刺すように胸が痛む。

「……禄朗、おまえマゾなんか？」

恐る恐る尋ねると、禄朗は真顔で首を横に振った。

「いえ、全然違います」

ではなぜ、一緒にいるだけでいいなどと言うのか。

せやかて禄朗は、俺とは違うんや。

恋愛体質かどうかはわからないが、彼はきちんと恋愛経験を積んできた人間だ。今はまだ知り合って二ヵ月だから側にいるだけでいいのかもしれない。しかし、これからはそうはいかないだろう。

一向に自分を好きにならない相手の側にいて何が嬉しい？

きっと飽きる。嫌になる。そして、いずれ離れてゆく。

……嫌や。今までみたいに一緒におってほしい。

どうにかして彼を引き止めなければ。

「あー、あの、な。セックスは、できんことないと思う」

掠れた声が出た。禄朗がしたいと言うなら、してもいい。それで少しでも長く側にいてくれるのなら、寝るぐらいかまわない。

「はい？」

禄朗が頓狂な声をあげたので、伸彦は焦った。頭の中が沸騰しているかのように熱い。

「や、せやから、おまえとエッチはできる思うねん。今までかて好きやない相手とやってきたんやから、好きやのうてもできるはずや。セックスできたら、おまえもちょっとは満足できるやろ」

勢いでそこまで言ってしまってから、ハッと口を噤む。

禄朗はまじまじとこちらを見つめていた。柔と剛が同居した面立ちに表情はない。彼のこんな顔は初めて見る。

熱かった頭が急速に冷えた。炎天下から、突然冷凍庫に放り込まれたかのようだ。

俺今、最低なこと言うた……。

互いに遊びと割り切った関係ならともかく、真剣に想ってくれる相手に対して好きではないけれど寝てもいいなんて、失礼極まりない。体さえ与えておけば満足だろうと、ばかにしているようなものだ。過去の女性たちを少しでも好きになろうとして寝たことより、ある意味もっと質が悪い。

もう決して不実なことはすまいと決意したばかりなのに。

「あ、あの、ごめん。今のなし。忘れてくれ」

伸彦は焦って謝った。

うーん、と禄朗は低くうなる。

「今のは、忘れた方がええみたいですね」

「ごめん。ほんまごめん」

禄朗はいつもと変わらない口調だったが、伸彦は必死で頭を下げた。

禄朗を傷つけてしまった。好きだと言ってくれて、側にいるだけでいいとまで言ってくれた相手を侮辱した。——その事実が全身に重くのしかかる。たとえ無意識でも許されることではない。

「謝らんでええですよ。伸彦さんに悪気ないんわかってますから」

優しい声が聞こえたかと思うと、コト、と小さな音がした。わずかにあげた視線の先にあったのは、テーブルに置かれた缶ビールだった。

「今日は、帰ります」

「あ……」

立ち上がった禄朗を思わず振り仰ぐと、彼はニッコリ笑った。

「ビール、ごちそうさまでした」

それだけを言って、禄朗は踵（きびす）を返した。ためらう様子もなく部屋を出て玄関へ向かう。

一度も振り向かない広い背に、かける言葉は見つからなかった。


「おはよう柾木（まさき）君！」

強く背中を叩かれて、伸彦（のぶひこ）はのろのろと振り向いた。立っていたのは、血色（けっしょく）の良い顔に満面の笑みを浮かべた課長だ。

出欠表（しゅっけつひょう）が課長のデスクに置いてあることを、この日ほど恨（うら）めしく思ったことはなかった。否（いや）でも応（おう）でもこの人物と向き合わねばならないのが辛（つら）い。

「おはようございます……」

「お、また寝不足か！　若いもんはええなあ！　……おっと、これ言うたらセクハラやったな。またえっちゃんがオカンムリや。怖い怖い」

ガハハと笑った課長は自分の席に腰かけた。言葉とは裏腹に少しも反省していないらしい彼に笑ってみせて、デスクから離れる。

課長が峰岸主幹をえっちゃんて呼んでんのはセクハラとちゃうんやろか……。

疑問に思いつつ、伸彦は自分のデスクに鞄をおろした。既に来ていた矢野と峰岸に、おはようございますと頭を下げると、おはよう、と二人の明るい声が返ってくる。

今日という日もまた、いつもと変わらずにやってきた。

しかし昨日と今日とでは、気持ちが全く違っている。

昨夜、一人部屋に残された伸彦は、しばらく茫然としていた。禄朗は怒らなかった。そのことが逆に、彼が傷ついたことを証明しているような気がした。

ひょっとすると禄朗は、伸彦に二度と会いたくないと思ったかもしれない。

そう考えただけで血の気がひいた。禄朗が出ていってから少し時間が経っていたけれど、伸彦は慌てて彼を追った。

スニーカーの踵を踏んだままマンションの前の道路に出た。しかし既に禄朗の姿はなかった。

とにかく謝罪のメールを打とうとポケットから携帯を取り出した。

おまえに側においてほしかったから、あんなこと言うてしもたんや。飽きられとうなかったから。他に飽きられん方法が思いつかんかったから。せやかて俺はおまえを、人を好きになれんから。

様々な言葉が湧いて出て、それをそのまま打とうとした。が、打てなかった。どんな言葉を綴っても、最低な言い訳にしかならないことに思い至ったのだ。ごめん。結局、震える手でそれだけを打って送信した。

数分も経たないうちに禄朗からメールがきた。——ほんまに気にせんといてください。俺も気にしてませんから。残りのカレー、冷めたら冷蔵庫に入れてくださいね。そしたら明日も温めて食べられますから。今日は伸彦さんとご飯食べられて嬉しかったです。おやすみなさい。

——優しいメールだった。けれど、次いつ会えますか、とは書かれていなかった。

「おはようございまーす、イラストコンテストに凄い量きてますよー」

総務課の女性の声がして振り向くと、出入口にあるカウンターに大きな紙袋が置かれた。中にはA4サイズの茶封筒がどっさり入っている。

うわー、と声をあげて立ち上がったのは『カラサちゃんイラストコンテスト』の責任者である矢野だ。

「どうもありがとう。思たより多いなあ」

「整理するん大変ですね」

笑顔で答えた彼女は伸彦に視線を移し、ニッコリ笑った。伸彦も反射的に微笑み返す。

昨年、高校を卒業して入ってきた彼女はまだ十九歳だ。くりっとした大きな目は、仲彦から見てもかわいい。平均年齢が高い役所の中では、アイドル的存在である。

「なおちゃん、ご苦労さんやったな！　重かったやろ」

すかさず声をかけたのは課長だ。席を立ち、女性に歩み寄った彼の目尻はだらしなく下がっている。

「大丈夫ですー、私こう見えて力持ちなんですよー」

かわいらしくガッツポーズをした彼女は、再び仲彦に視線を戻した。

「柾木さん、カラサちゃんの劇、プロの劇団がやることになったてほんまですか？」

「ああ、うん。そうやねん」

「有名な劇団なんでしょ？」

「そうみたいやな」

「わー、楽しみやなあ」

彼女はニコニコと笑う。

仲彦の勘違いでなければ、彼女は仲彦に好意を持っている。恋人がいると聞いているらしく積極的に迫ってくることはないが、特に用もないのに話しかけられたりするので何となくわかるのだ。

かわいいと思う。嫌いではない。

けれど、彼女のことも好きだとは思えない。

恋愛やない好きで考えても、緑朗のがずっと好きや。

その緑朗を傷つけてしまった。どんなに悔やんでも後の祭りだ。一度口に出した言葉はなかったことにはならない。

「なおちゃんも当日観においでぇな。日曜やから休みやろ」

割り込んできたのは、またしても課長だった。若い女性と話したくて仕方がないようだ。これ幸いと彼女から視線をそらした仲彦の頭の中を占拠していたのは、やはり緑朗のことだった。

緑朗、もう会うてくれんのかな……。

会いたくないと思われても仕方がない。いくら好きでも、許せないことはあるだろう。いや、好きだからこそ許せないかもしれない。

昨夜から今朝にかけて、何度も謝罪のメールを打とうとした。しかしごめんとだけ書いたメッセージを再び送ることに、意味があるとは思えなかった。緑朗のことだ、きっと、もういいですよと優しい言葉が返ってくる。

しかし仲彦がほしかったのは許しの言葉ではなかった。本心かどうかは別として、言葉でもメールでも、それは既にもらっている。

ほしいのは次に会う約束だった。そしてこれから先も会うという緑朗の意志だった。

昨日、緑朗を傷つけたくなくて二度と会わない覚悟を決めたはずなのに、こんな風に思うなんて、禄朗が側にいない生活に戻ることはもはや無理のようだ。

禄朗の気持ちには応えられんのに。禄朗を傷つけてしもたのに。

俺はほんまに最低や。自分勝手や。

「柾木君、すまんけど手伝うてくれんか」

紙袋を下げた矢野に言われて、はい、と慌てて返事をする。ぼんやりしている場合ではなかった。

ふと見渡せば、総務課の女性の姿はなく、課長も席についていた。あちこちで電話が鳴り、他の職員たちもそれぞれの仕事を始めている。

「会議室行きましょか。広い場所の方が整理しやすいし」

応じた声は確かに自分の声だったが、今まで一度も聞いたことがないほど虚ろだった。


一日の仕事を終え、役所を出た足は重かった。すれ違った職員にお疲れさまと声をかけられ、お疲れさまとかろうじて返す。

疲れた……。

仕事でミスをしたわけではない。逆に不安や焦燥にとらわれまいと、いつも以上に神経を尖らせた。できる限り笑顔を心がけた。だから余計に疲れてしまったのだ。

今までにも人を愛せないことに対する不安を抱えてきたが、今のそれとは全く違う。

せやかて今までは、苦しいとかはなかったんや。

寒々しい感じにはなっても、喉の奥に何かがつまっているような息苦しさは感じたことがない。重美にふられた後ですら、孤独に侵されて身がすくむようだったけれど、苦しくはならなかった。

沈みかけの夕日に照らされながら駐輪場にたどり着いた伸彦は、ふと思いついてポケットから携帯電話を取り出した。

電話の着信はなかった。メールもきていない。

我知らずため息が漏れた。のろのろと自転車にまたがり、裏門へ向かう。

一度は自宅のある方へペダルを漕ぎ出したものの、足はすぐに動かなくなった。チキチキ、チキ、チキ。車輪が動きを止める音が耳をつく。

このまま帰って、禄朗が作ってくれたカレーを食べるのか？

一人で。一人きりで。

「嫌や……」

小さなつぶやきが唇をついて出た。

——謝ろう。もう一度ちゃんと顔を見て、直接謝ろう。そして頼もう。これからも会ってほしいと。

メールの度、今度いつ会えますかと禄朗が尋ねてくれたように、今度いつ会ってくれますかと、こちらから尋ねるのだ。

一人大きく頷き、伸彦は自転車の向きを変えた。

禄朗の住所はわからない。聞いていなかったし、彼の家へ行ったこともなかった。わかるのは定家の自宅と、打ち合わせで一度だけ訪れたことがある稽古場だけだ。ちなみにこの稽古場は下町にある廃工場の倉庫で、定家が知り合いから格安で借りているらしい。

どっちにも行ってみよう。

もしいなければ、劇団のメンバーに住所を聞けばいい。

伸彦は駅の方角へ、勢いよくペダルを踏み出した。


「禄朗、さっき帰ったばっかなんですよ」

可愛らしい声で答えてくれたのは、細身の女性だった。美人とは言えないが、一度見たら忘れられない個性的な顔立ちである。

そうですかと笑顔で応じたものの、伸彦は内心がっかりした。

自転車で駅に出て、電車を乗りついでここへ来た。時刻は既に六時半をまわっている。たった一時間ほどの距離なのに、永遠にたどり着かないのではないかと思えるほど遠かった。

「どないした」

「誰ー？」

倉庫の中から、男の声と女の声が交互に尋ねる。女性は首だけを振り向けて答えた。

「市役所のカラサちゃんの担当さん。禄朗に用事なんやて」

「ああ、柾木さんか」

聞こえてきた声に覚えがあった。確かお化け屋敷で会ったヒラさんの声だ。駆け寄ってくる足音がしたかと思うと、女性の後ろから男が顔を出す。こんばんは、と明るく挨拶をした彼は、想像していたより童顔だった。

「その節はお世話になりました」

頭を下げると、いやいや、とヒラさんは闊達に笑った。

「たいしたことしてませんから。禄朗やったらうちにおる思いますよ」

え？　と女性が驚きの声をあげる。

「そうなん？　バイト行ったんちゃうの」

「今日はちゃうねん。大事なお客さんが来る言うて帰ったんや」

「大事な客ぅ？　ひょっとして新しいコレ？　それとも前のコレ？」

可愛らしい声で言いながら、女性は右手と左手、両方の親指をたてた。横にいたヒラさんが、これこれとたしなめる。伸彦の視線に気付いた彼女は、すんませんと慌てて親指をしまった。

「ちゅうか何で大事な客でそれやねん。親とか兄弟とか、フツーの友達かもしれんやろ」

ヒラさんの言葉に、や、でもな、と女性は大きく手を振る。

「前に禄朗が大事な客が来るて言うたとき、そうやってんもん。最近何や浮かれ気味やったし、好きな人と会うんやてきっと」

好きな人、と伸彦は口の中だけで鸚鵡返した。禄朗に新しい恋人はいないはずだ。ここ最近の彼は伸彦のことが好きだったのだから。

けど俺、恋愛の意味では好きになれんて禄朗に何回も言うた……。

実際、恋愛対象としては彼を好きになれない。その上、昨日はひどいことを言って傷つけてしまったから、愛想を尽かされたのかもしれない。伸彦への気持ちが冷めたことで前の恋人が恋しくなり、よりを戻そうとしている可能性はある。

禄朗は、俺以外の誰かと恋愛することにしたんかもしれん。

伸彦以外の大事な誰か——ひょっとしたら前の恋人と会っているのかもしれない。見知らぬ誰かを、カワイイなあ、という視線で見つめているかもしれない。

そう思った途端、カッと頭に血が上った。

そんなんは嫌や。

「あの」

伸彦は二人に声をかけた。妙にしゃがれた声になってしまって、慌てて咳払いする。

「一応住所教えてもらえますか？　連絡入れてみてお客さんが帰ってはったら、行ってみますんで」

「ああ、そうですね。そこの道を右にいってですね。ここからわりと近いんすよ。木造のボロいアパートなんで、すぐわかります」

説明を始めたヒラさんに頷いている間も、こめかみの辺りが煮えているような感覚は去らなかった。


ヒラさんの言った通り、禄朗が住むアパートは古かった。窓枠もサッシではなく木のままである。ただ、古いなりに手入れが行き届いているせいか趣があり、映画やドラマの撮影で使えそうな雰囲気だった。

「一階の、一番右……」

つぶやいてアパートに歩み寄る。かなり早足でここまで来たので息が切れていた。汗がじっとりと全身に滲んでいる。

右端の木製のドアに、黒いマジックで富田と書かれたプレートがつけられていた。ここだ。肩で息をしながらドアの前に立つ。

乱暴にチャイムを押そうとして、仲彦はふいに自分がここへ謝罪しに来たことを思い出した。

そうやった。禄朗に謝らなあかんのや……。

そもそも、禄朗が仲彦以外の誰かを好きになったところで、彼を恋愛の意味で好きになれない仲彦には咎める権利などない。咎めること自体おかしい。誰と付き合っていようが、友達は友達だ。

——けど、でも。恋人ができたら俺と会う時間減るやろ？

少なくとも、この二ヵ月のように頻繁には会えなくなるだろう。ひょっとしたら、完全に会えなくなってしまうかもしれない。

それは嫌だ。物凄く嫌だ。

だからといって禄朗を好きにはなれない。

せやかて俺は、そういう人間なんやから。

思考が堂々巡りを始めたそのとき、ドアの向こうで人の気配がした。ハッとして一歩退く。

が、逃げる前にドアが開いた。

顔を覗かせたのは禄朗だった。いきなり視線が合う。

固まってしまっている仲彦を見て、彼はニッコリ笑った。

「いらっしゃい」

既に耳に慣れた穏やかな声で言われて、伸彦は何か答えようと口を動かした。こんばんは、大事なお客さんは？　昨日はごめん。様々な言葉が頭をよぎるが、どれも声にならない。

「そろそろ来てくれはるんとちゃうかなあ思て待ってたんです。狭いし汚いとこやけど、どうぞあがってください」

手招く禄朗に、伸彦は必死で声を絞り出した。

「あの……、大事な、お客さんは……？」

漸うそれだけを問う。部屋の中にいるのだろうか。だとしたら自分は邪魔者だ。のこのことあがることなどできない。

しかし禄朗は再びニッコリ笑った。

「今来てくれはりました」

「今？」

慌てて周囲を見まわす。が、誰もいない。更に先ほど来たばかりの道へ視線を飛ばすが、街灯に照らされたそこにも人影はなかった。

「伸彦さんのことですよ」

笑いまじりに言われて、再び禄朗に視線を戻す。眦の垂れた彼の目には、今まで見たことがない悪戯っぽい色が映っていた。

「俺の大事なお客さんは、仲彦さんです」

「え？　けど俺、来るて言うてへんし……」

「でも来たでしょう？　現（げん）に今、こうやって俺の前におる」

「それはそうやけど、でも……」

わけがわからなくて口ごもると、緑朗がドアから出てきた。ためらうことなく仲彦に近付き、手首を捕（と）らえる。

「立ち話も何ですから、とにかくあがってください。大丈夫、中には誰もいません」

ね、と見下ろされて、仲彦は思わずほっと息をついた。緑朗が誰かと会っていたわけではなかったことに心底安堵（あんど）したのだ。

我知らず微笑むと手首を引っ張られた。緑朗らしからぬ強引さだったが、少しも嫌ではなかったので素直に従う。

緑朗の部屋は、四畳半（よじょうはん）の和室にキッチンがついただけの狭い間取（まど）りだった。クーラーはなく、片隅に置かれた古い扇風機（せんぷうき）が音をたてて首を横に振っている。ごちゃごちゃと物が置いてあるけれど、荒れた感じはしない。

「どうぞ、座ってください」

「あ、うん。ありがとう」

促（うなが）されて、部屋の中央に腰をおろす。緑朗も正面に胡座（あぐら）をかいた。そこでようやく手首を解放される。

「迷わんと来れましたか？」

優しく問われて、うんと頷く。

「稽古場で教えてもろたから」

「そらよかった」

微笑んだ禄朗につられて笑んでしまってから、はたと我に返る。和やかに話をしている場合ではなかった。

禄朗に謝らな。

「あの、禄朗。昨日はほんまごめんな。俺、物凄い失礼なこと言うてしもて。ほんまに反省してる。ごめん」

勢いよく頭を下げると、息を吐く音がした。あきれのため息ではなかったけれど、許しのため息とも違うように思えて体が強張る。

「そない謝ってくれはらんでも、ほんまに気にしてませんから」

けど、と仲彦はうつむいたまま続けた。

「もう俺と会うの嫌になったんかな思て。メールきても、次に会う約束はしようとせんし。俺、おまえのこと好きになれんのにめちゃめちゃ勝手やけど、勝手やて、ようわかってるけど、これからも会うてほしいねん。この二ヵ月みたいに、俺と会うてほしい」

自分でもうまい言い方ができたとは思えなかった。ひどく拙くて幼い。しかしこれほど正直に自分の気持ちを口に出したのは、生まれて初めてだった。

息をつめて返事を待っていると、うーん、と禄朗はうなった。

「もう一押しですねえ」

「え？」

思わず顔を上げる。視線の先で、禄朗はニッコリ笑った。怒っている様子はない。

「会うてほしいて、それは俺に対するお願いでしょう。そうやのうて、伸彦さん自身の気持ちが聞きたい」

ゆっくりとした口調に、伸彦は眉を寄せた。

意味がわからない。今し方、気持ちは全部言った。

「俺の気持ちて……」

「伸彦さんが、自分でも気付いてへん気持ちがあると思うんです。いいですか、伸彦さん。俺に会うてほしいということは、あなたは俺とどうしたいんです？」

「どうて……、そら、会いたい」

そうだ。会いたい。

俺は、禄朗に会いたい。

今まで、会ってほしいという言葉は何度も口にしてきた。次も会うてもらえる？　そう尋ねたことも何度もある。

しかし、君に会いたい、と言ったことは一度もない。思ったことも一度もない。

茫然としていると、禄朗は嬉しそうに目許を緩めた。

「そしたら次の質問。昨日、俺が帰ってから今日にかけて、俺のこと考えましたか？」

「そらもちろん。俺、ひどいこと言うてしもたから」

「そんで今日は仕事が手につかんかったとか、上の空になってしもたとか」

「いや、それはない」

否定すると、禄朗は瞬きをした。なぜかがっかりしたように肩を落とした彼に、伸彦はわけもなく焦る。

「そうなりそうやったから、そうならんように神経遣たんや。せやから今日は、いつもよりしっかり仕事できた思う」

早口で言うと、禄朗はまた瞬きをした。たちまち下がっていた肩が上がり、こちらに身を乗り出してくる。

「さっき、大事な客は誰やて聞きましたね。誰が来てると思たんです？」

「それは……、おまえの、前の恋人、とか」

「もしほんまに前の恋人が来てたら、伸彦さんはどう思いました？」

「どうて……」

仲彦は口ごもった。

嫌だと思った。だからカッとなったのだ。

振り返ってみれば、我を忘れるほどカッとなったのも初めてである。大学生のときに付き合っていた女性に男ができたときも、重美が浮気をしていたと知ったときも、カッとなることはなかった。ショックは受けたが、自分も彼女を好きではなかったのだから仕方がないと、冷静に考える余裕があった。

禄朗はじっと答えを待っている。

この状況でごまかしても仕方がない。根負けした気分で、仲彦は正直に告げた。

「……嫌やと思た。そんで、カッとなった」

「つまり、俺が仲彦さん以外の誰かと恋愛するんが嫌やったんですね？」

幼子に問うような物言いに、無言で頷く。

すると禄朗は大きく息を吐いた。今度のため息は、満足のため息に聞こえた。

「あなたは、今まで通り俺と会いたい思た。これからも会いたいから、わざわざ仕事帰りに、俺がおるかどうかもわからんのに、電車に乗って一時間もかけて稽古場へ行った。そこで俺が大事な客と会うて聞いて、カッとなった。俺が仲彦さん以外の誰かを好きになるんが嫌やった」

確認するようにゆっくりと列挙されて、仲彦はただ首を縦に振った。

俺はやっぱり最低や……。

禄朗を決して好きにはなれないのに、禄朗には好きでいてもらいたいのだ。禄朗に謝りたいと言いながら、禄朗のことなど少しも考えていない。自分の気持ちにばかり捕らわれている。まるきり子供だ。

情けなくて恥ずかしくて身を固くしていると、仲彦さん、と優しい声が呼んだ。

「それってね、恋愛の意味で俺を好きってことですよ」

仲彦は思わず顔を跳ね上げた。考えていたよりずっと近くに禄朗の顔があった。見下ろしてくる双眸は、さも嬉しげに輝いている。

「あなたは、俺が好きなんです」

くり返されて、仲彦は大きく瞬きをした。

「え……？　え？　そう、なんか？」

「そうなんです」

「や、けど俺、そういう風には……」

ほとんどパニック状態で口走ると、禄朗は苦笑した。

「仲彦さんのその刷り込みも相当なもんですよね。大丈夫、仲彦さんはちゃんと恋愛できるんです。滅多に人を好きにならんだけで」

「けど俺、おまえとおると落ち着く感じで。穏やかになれるっちゅうか、素の自分でいられるっちゅうか……」

華やかで輝くような、ではなく、和やかで穏やか。

そういう気持ちは、恋愛とは違うのではないか。現に両親も兄も妹も、友人たちも、輝く恋愛をしているように見える。

「世の中にいろんな人がおるように、恋愛もいろいろやないですか？　中にはそういう穏やかなんもあるでしょう。逆にイライラしてばっかの恋愛もありますよ。嫉妬する、される。疑う、疑われる。そんなんばっかりで、何でこんな会うてても離れててもイライラしかせん人好きになってしもたんやろて途方に暮れるような、苦しいだけのやつもね」

ニッコリ笑った禄朗は、それに、と続けた。

「穏やかばっかりでもないでしょう。伸彦さん、俺が他の人を好きになった思てカッとなったんでしょう？　俺に会いとうて、ここまで来たんでしょう。激しいやないですか」

「はげしい……？」

「ええ。激しいです」

大きく頷いた禄朗は、唐突に伸彦の肩をつかんだ。たちまち彼の広い胸に抱き込まれる。筋肉の固い感触が直接伝わってきて、頬が熱くなった。嫌ではないが、恥ずかしい。思わず身じろぎすると、耳元に唇が寄せられる。

「こうしてるん、嫌ですか？」

「嫌ってことは、ないけど……」

切れ切れにつぶやいた伸彦は身じろぐのをやめた。禄朗に体を預けると、不思議と心地好かった。くっついていると暑いのに不快ではない。彼の汗のにおいも少しも嫌ではなかった。汗をかいているのはお互いさまだ。

俺は、禄朗が好きなんか?

扇風機がまわる音を聞きながら、改めて考える。

禄朗といると居心地がよかった。自然体でいられた。恋愛感情を示されることが少しも嫌ではなかった。負担にならなかった。それどころか、くすぐったい気持ちになった。これからも会ってほしいと思った。会いたいと思った。彼が自分以外の誰かを好きになるのは嫌だとも思った。

そうした禄朗に対する気持ちは、今まで誰にも抱いたことがないものだ。きっとこれが、好きという気持ちなのだろう。

俺は、禄朗が好きなんや。

人を好きになれたのだ。

その好きな人と、こうして抱き合えている。

そう思うとひどく嬉しくて、伸彦は禄朗の体に腕をまわした。同時に切ないような気持ちにもなって、広い背中にしがみつく。すると、それを待っていたかのように禄朗は上体をずらした。額が触れ合うほど間近で見下ろされる。

熱い視線を注がれて、伸彦は自然と目を閉じた。刹那、唇に柔らかいものが触れる。俺の気持ちが追いつくまで、キスするん待っててくれたんや。

短いキスでそのことを悟って、胸がじんと熱くなった。

すぐに離れたそれは、伸彦が嫌がらないと確信を持ったようだ。再び唇に触れてくる。今度は一瞬ではすまなかった。唇の隙間を舌先でなぞられ、くすぐったさに思わず開く。途端に濡れたものが口腔に滑り込んできた。

「ん……」

あっという間に主導権を握られ、思う様貪られる。息継ぎさえままならない。

キスの経験は何度もある。けれどこれほど大胆に、淫らに動く舌を受け入れたのは初めてだ。

「んっ、う……」

息苦しさに逃れようとする舌の動きは許されず、逆に引きずり出されて甘噛みされた。唇がわななく。飲み切れなかった二人分の唾液が顎をつたう。禄朗の親指の腹がそれを拭い、そのまま伸彦の顎の裏をくすぐるように愛撫した。ちゅ、と小さな水音が唇の隙間から漏れる。

全てがあまりにも刺激的、かつ官能的で、伸彦は全身が痺れるような錯覚を覚えた。

苦しいけれど気持ちがいい。キスをしているだけなのに溶けそうだ。女性とのセックスでも、こんなに気持ちがよかったことはない。

陶然と口づけを続けていると、顎を撫でていた指が首筋に落ちた。そのまま更に下へ落ち、シャツのボタンをはずしてゆく。扇風機の風が汗ばんだ素肌を撫でて、伸彦はわずかに身じろぎした。

ちゅ、とまた小さな音をたてて唇が離れる。物足りなさにうっすら目を開けると、熱で潤んだ禄朗の黒い瞳が見下ろしてきた。

「怖いですか?」

甘く掠れた声に、ゾク、と背筋に寒気のようなものが走る。声を聞いただけでこんなになるなんて初めてだ。

「怖いて、何が」

応じた己の声も濡れていて、伸彦は慌てて口を噤んだ。自分のこんな声も初めて聞く。

童貞やあるまいし、何やねん。

恥ずかしさと戸惑いから顔をしかめた伸彦に、禄朗は小さく笑った。そして幼い子供に問いかけるように尋ねる。

「これから伸彦さんの体、触りますけど。いいですか?」

「……いちいち聞くな。ガキやないんやぞ」

ぶっきらぼうに言うと、すんません、と禄朗は素直に謝った。しかし彼が少しも悪いと思っていないことは明らかだった。ひどく楽しげな声音だったからだ。

しかも禄朗はまた、伸彦をカワイイなあと思っているらしい。向けられる視線から、そのことが伝わってくる。

恥ずかしくてたまらなくて、咎(とが)めようとした唇を塞(ふさ)がれた。すかさず熱い舌が入ってくる。同時に、開かれたシャツの隙間から大きな掌(てのひら)が忍び込んできた。

「んっ……」

肌をたどる指先がくすぐったい。笑いを堪(こら)えようと腹に力を入れていると、指先が胸の突起(とっき)に触れた。そのままきゅっとつままれる。刹那、鋭い快感がそこに生まれた。

「あ……」

唇が離れ、声が漏れる。色を帯(お)びたその声に激しい羞恥(しゅうち)を覚えて、伸彦は慌てて唇をかみしめた。が、恥ずかしがっている間もなく、禄朗の指先が小さな尖(とが)りを愛撫する。彼の指が動く度、今まで感じたことがない甘い痺れが全身に波及(はきゅう)する。

胸触られてるだけやのに、何でこんな。

「や、め」

やめさせようと禄朗の手をつかんだものの、指先に力が入らず、ただ添えるだけになってしまった。それをいいことに、禄朗は突起を弄(いじ)り続(つづ)ける。

「やめえ、て」

「何で？　気持ちええでしょ」

気持ちはいい。凄くいいけれど。

「そこ、変な声、出る……、から……」

「全然変やないですよ。めちゃめちゃ色っぽいし、カワイイ。隣は空き室やから、聞いてるんは俺だけです。我慢せんと、思う存分声出してください」

耳に直接吹き込まれた低い声に、アホ、と毒づいた唇を再び塞がれた。息苦しくて、けれど口腔を這いまわる舌はやはり気持ちがよくて、目眩を覚える。

知らず知らず禄朗にしがみつく腕に力をこめると、胸を弄っていた指先がふいに離れた。安堵よりも物足りなさが遥かに勝って、伸彦は眉をひそめる。その物足りなさを補うように、口づけがより深く、激しくなる。

「ん、んん」

禄朗の舌に夢中で舌をからめていると、ベルトの金具をはずす音が耳に届いた。間を置かず、役所で配布されている薄青色の作業ズボンのジッパーがひき下ろされる。

「ん……!」

束縛から放たれた前が、はっきり高ぶりを示すのがわかった。禄朗にも、下着を押し上げているものが濡れているとわかったはずだ。

キスと胸への愛撫だけで欲情してしまった体に、怒濤のように羞恥が襲いかかってくる。直接触られたわけでもないのに、こんなに高ぶるなんて信じられない。

好きな人に触られるということは、こういうことかと思う。好きという気持ちが体の感度を高め、より敏感にするらしい。

「禄朗……」

口づけの息継ぎの合間に呼ぶ。

「いつも、は、こんなことは」

決まり悪さから前を隠そうとするが、蕩けた体は言うことを聞いてくれない。

「今まで、こんなに感じたことない？」

からかうような問いかけに、快感と羞恥と戸惑いが複雑に入り混じる。

「かん、感じるて、そんな」

「めちゃめちゃ感じてるでしょう。伸彦さんの、もうこんなに濡れてる」

甘い声で囁きながら、禄朗は伸彦の下着の中に迷うことなく指を滑り込ませた。

「あっ……、あ」

猛った劣情を直接握られ、堪え切れずに声が漏れる。やめろと止める間もなく始まった愛撫に、伸彦は喘いだ。もはや恥ずかしがっている場合ではない。泣き声に近い嬌声がひっきりなしにあふれる。触れているのが禄朗だと考えるだけで、ひどく感じてしまう。

禄朗の手を引き剝がそうとしていた指は、いつのまにか彼の肩口のTシャツを握りしめていた。

「ろく……、禄朗」

「気持ちええでしょ?」

禄朗は伸彦の劣情を巧みに愛撫する。絶頂の波が押し寄せる度、はぐらかされて苦しい。ぎりぎりのラインをたどる愛撫は、恐ろしいほどの快楽と同時に苦痛も伴う。

「も、もう」

「まだ。我慢して」

耳に押し当てられた唇から、情欲に濡れた低い声を直接吹き込まれる。えもいわれぬ甘い痺れが体の芯に突き刺さり、伸彦は背を反らした。

「やめっ……」

「やめてええんですか?」

禄朗の視線が下肢に注がれたのがわかった。熱を帯びた視線にまとわりつかれたそこは、限界まで膨脹する。

今にも達しそうなのに、達することができない。

禄朗が止めているからだ。

「アホ、も、嫌やて」

感じすぎて辛くて、すすり泣きながら毒づく。目尻から流れた涙を、禄朗の唇が吸い取った。

艶やかな吐息が目許をかすめる。

「俺に触られるん嫌ですか?」

ひどく優しい問いかけだった。しかし指の動きは、これ以上ないほど意地が悪い。

「や……、やない、けど」

「けど？」

「も、いく、いくからっ……」

自ら下肢を弄ろうとするが、禄朗の大きな手に阻まれて触れることができない。

あまりのもどかしさに、伸彦は禄朗の手ごと己の下肢を擦った。しかしやはり望むようには動かせない。自然と腰が揺れる。

「禄朗……！」

責めているのか、ねだっているのか。自分でもわからないまま夢中で呼ぶ。

すると禄朗が満足そうに笑う気配がした。

「一回出しましょか」

言うなり、禄朗は縛めを解いた。次の瞬間、待ちかねたように伸彦の劣情が熱を放つ。

強烈な快感がそこから全身に散らばった。悲鳴に似た嬌声が唇からあふれる。体がどろどろに溶けてゆくようだ。散々焦らされたせいか、それはほとんど暴力的ともいえる快感で、完全に思考が止まる。

息も絶え絶えになりながら、伸彦は禄朗にもたれかかった。しっかりと筋肉のついた体は、少しも揺らぐことなく受け止めてくれる。

「気持ちよかったですか？」

こめかみにキスされて、ぼんやりとしたまま、うんと正直に頷く。

本当に気持ちがよかった。今まで経験したセックスがいかに味気ないものだったか、そして好きな人とするセックスがいかにいいものかを思い知らされた気分だ。

「伸彦さん、カワイイなあ」

耳に歯をたてられ、敏感に体が跳ねる。かわいいと言われる度に感度が上がっていくようだ。

伸彦の反応に満足したらしく、禄朗は低く笑った。

「今まで不感やった分、これからは逆に感じやすうなりますよ。心も、体もね」

そうなのだろうか。

そうかもしれない。

こんな気持ちええの、ほんまに初めてやし。

広い肩に額を預けて熱が去るのを待っていた伸彦は、己の乱れた息が一向(いっこう)に治まらないことに気が付いた。体の芯に残った甘い熱は、熾火(おきび)のように燃え続けている。

「あ……？」

思わず声をあげると、禄朗はまた低く笑った。

「まだ足らんみたいですね。伸彦さんのここ、いったのに元気なままやし」

やんわりと触られて、伸彦は掠れた声をあげた。

信じられない。女性との情事のときは一回で疲れてしまい、よほどがんばらないと二回目は無理だったのだ。

「何で……」

「こういうのも初めてですか？」

尚もやわやわと刺激されて声もなく頷くと、禄朗は嬉しそうに目を細めた。

「伸彦さんが、俺を好きやからですよ。好きな人にもっと触ってほしいて、体が要求してるんです」

甘い声で囁いた禄朗が、伸彦さん、と呼ぶ。

「今度は俺のも、一緒にしてええですか？」

「一緒て、俺がおまえの、するんか……？」

してもらったのだから、するのは当然だ。こく、と我知らず喉が鳴った。急速に息が浅く、熱くなる。

禄朗の下肢に伸ばしかけた震える指先は、しかしなぜか止められてしまった。かわりに禄朗は、自ら下肢を暴き始める。

「それは次んときにお願いします。今は伸彦さんは何もせんでええですから」

「けど」

「さっきみたいにかわいい声出してよがってくれはったら、そんで充分です」

「なっ、おま、おまえな」

けろっと言われて、伸彦は全身が焼けるように熱くなるのを感じた。つい今し方、禄朗に触られて色めいた声をあげてしまったことを思い出したからだ。

禄朗はクスクスと楽しげに笑う。

「ほら見てください。伸彦さんの触って、声聞いてただけでこんなや」

反射的に視線を下ろす。

外気にさらされた禄朗の劣情(れつじょう)は、完全に形を変えていた。

またこくりと喉が鳴る。明らかに男性の体なのに、それが禄朗のものだというだけで欲情してしまう。女性の体を前にしても、これほど興奮したことはない。

再び小さく笑った禄朗は、伸彦の腰をいとも簡単に抱き上げた。その拍子(ひょうし)にズボンが膝まで落ち、ついでとばかりに、禄朗が濡れた下着を引きずり下ろす。

高ぶった劣情が露(あらわ)になって、伸彦は思わず、わ、と声をあげた。羞恥から抗議しようとして
今更だと思い至り、口を噤む。

何か俺、初めてセックスする十代のコみたいになってる……。

やたらと感じやすかったり、恥ずかしがって嫌がったり。そんな自分がまた恥ずかしくて、いたたまれない。

やや乱暴に下着とズボンを脱ぎ捨てた伸彦を、禄朗は自分の腿(もも)の上に座らせた。そして、ち

ゆ、と音をたてて顎にキスをする。

「何やあかんことしてる気分になりますね」

「あかんことて……、セックス？」

「それは全然あかんことないでしょう。ただ、何も知らん体にいろいろ教え込んでるみたいな感じがして」

やけに楽しそうな禄朗に、仲彦はムッとして眉を寄せた。初めてのようだと感じていたのは、仲彦だけではなかったらしい。

「俺、初めてちゃうで。女とは何人かとしたことある」

「ええ、知ってます。昨日聞きました。けど、好きな人とするんは初めてでしょう？」

禄朗はニッコリ笑って見上げてきた。

仲彦は言葉につまる。確かに初めてだ。

禄朗は満足そうに目を細めた。

「これからたっぷり時間かけて、仲彦さんが心も体も俺なしでいられんようになるぐらい、めちゃめちゃかわいがったげますから」

「なっ」

何言うてんねん、という仲彦の言葉は、禄朗に腰を抱き寄せられたことで途切れた。抗う間もなく禄朗の大きな手が、仲彦の高ぶりと己の高ぶり、両方まとめて包み込む。

「あっ……、ん」

敏感な場所が擦れ合う感触がたまらなくて、反射的に体が引けた。コラ、と色めいた声で叱られたかと思うと、強い力で引き戻される。

「一緒にて言うたでしょ」

「けど、こんなん……」

「気持ち悪い？」

「悪うは……、ない、けど、あ」

禄朗のこぼしたものと自分のこぼしたものが混じりあう。それを禄朗の指先がすくいとり、触れ合う熱の塊に塗り込める。先ほどの倍の淫靡な水音が、聴覚をも侵した。

「あ、あぁ」

今まで一度も経験したことがない感触と快感に翻弄され、伸彦は禄朗の首筋にしがみついた。その拍子に禄朗の手が滑り、互いの劣情が互いの腹に強く擦れる。

ふいに与えられた強い刺激に、伸彦は色めいた嬌声をあげた。解放を求めてガクガクと全身が震えたが、どうにか絶頂の波をかわす。

禄朗はというと、く、と喉を鳴らした。こちらも達してはいない。

「すんません……。よう我慢、できましたね」

荒い息を吐きながら禄朗が囁く。再び劣情をとらえられて小さく悲鳴をあげたものの、伸彦は答えた。

「おまえが……、一緒にって……」

「え？　ああ……、そういう意味や、なかったんですけどね……。うわ、たまらんなあ……、伸彦さん、かわいすぎ」

うめくようにつぶやいたかと思うと、禄朗は手の動きを速めた。

「んん……！」

今度はいとも簡単に達してしまう。わずかの間を置いて禄朗も欲望を放った。

蕩けた下肢を、己と己以外の体液が濡らす。その感触にまた感じて、伸彦は身悶えた。唇から爛れた声があふれる。頭の中は真っ白だ。

その真っ白になった頭に、耳から入ってきた低い声が深く染み込む。

「好きです、伸彦さん」


くすぐったい。でも気持ちがいい。

誰かが投げ出した足を撫でている。

腿の裏から膝の裏、ふくらはぎにかけて何度もたどる。密やかな動きは優しいくせに官能的で、伸彦は目を閉じたまま眉を寄せた。

何？　誰？　何で撫でてんねん。

てゆうか俺、寝るときは夏でもちゃんとジャージ穿いてるんやけど……。

それなのに、直接素肌を撫でられている。

「！」

ハッと目を見開く。刹那、腰の辺りで胡座をかいている男と目が合った。

「おはようございます」

ニッコリ笑ったのは、禄朗だ。

「おはよう……？」

とりあえず応えたものの、伸彦はすぐには状況を把握できなかった。低い木の天井も、早朝の爽やかな光を映している木の窓枠も、ごちゃごちゃと物が置いてある部屋も、片隅でまわっている古い扇風機も、自分のマンションのものではない。そもそも、いつもはベッドで寝ているが、今横になっているのは畳に敷かれた布団だ。

ここどこやねん……。

寝ぼけた頭が現状を理解する前に、禄朗が尋ねてきた。

「気分はどうですか？」

「ん、ええけど……、何で撫でてんの」

禄朗は先ほどからずっとふくらはぎへの愛撫を続けている。こそばゆくて足を退けると、長い指でやんわりと引き戻された。

「キレイやからです。最初に言うたでしょう。ふくらはぎが凄くキレイやったて。昨日、仲彦さんの体拭いてるときに改めて見て、やっぱりキレイや思いました。あ、もちろんどこ見ても全部カワイイてキレイでしたけど」

臆面もなく言ってのけた禄朗に、仲彦はみるみるうちに顔が赤くなるのを感じた。昨夜の記憶がつぶさに甦ってくる。

そおや。ここ禄朗の部屋や。

禄朗のことが好きやてわかって、キスされて触られてめちゃめちゃ気持ちようなって、二回いかされて……。

二度目に達した後、眠ってしまったらしい。そこから先の記憶がない。

慌てて己の体を見下ろすと、大きなTシャツを着ていた。下はボクサーパンツだけだ。

これって、禄朗が着せてくれたんやんな。

自分で着た記憶はないからそうなのだろう。ということは、濡れ尽くしていた体を清めてくれたのも彼だ。――更に顔が熱くなった。どこ見ても全部カワイイてキレイでしたけど。その言葉から、眠っている間に体の隅々まで見られたとわかったからだ。

仲彦の足を撫でながら、禄朗はゆったりとした口調で言う。

「シャツもパンツも俺のです。ちなみにパンツはちゃんと新しいの穿いてもらいましたから。伸彦さんの服とか下着も昨夜洗といたから、そろそろ乾いてる思います」

「洗……」

「ええ。昨日いっぱい汗かいたし、いっぱい出したでしょ。せやから」

ニッコリ笑った禄朗に、伸彦は言葉につまった。昨日の己の嬌態を改めて思い出したのだ。顔どころか耳まで熱い。

「俺に恋愛感情もってること、自覚してもらえてよかったです。一日置いた甲斐がありました」

「一日置くて？」

話題が変わってほっとした伸彦は、上体を起こした。ふくらはぎを撫で続ける指先がやはりくすぐったくて、足の位置をずらす。

しかしすぐに引き戻されてしまった。うっすらと浮いた筋肉のラインを、禄朗の指先が愛しげにたどる。

「伸彦さんねえ、ちょっと前から俺のこと好きになってたんですよ」

「え……？　そうなんか……？」

「そうなんです。見てたらようわかった。けど全然自覚ないみたいやし、いっぺん時間置いた方がええかな思て。そしたら会いたい気持ちに気付いてくれるかもしれんでしょ」

「怒ってたんやないんか……」

「怒ってません。発想の飛躍にびっくりしただけです。好きになれんのにエッチはしてもええやなんて、危なっかしいちゅうか無意識でエロいっちゅうか。正直このまま押し倒したろか思いましたけど、自覚ないままやってしもたら仲彦さんの今までの恋人と同じになる思て。部屋出たんは、半分は自分を抑えるためでもあったかな」

どこまでものんびりとした口調で言う禄朗に、仲彦は顔をしかめた。

「側におるだけでええて言うたやないか」

「あ、それはほんまです。好きになってもらえるまで待つ自信はありました。これでもわりと気ぃ長い方なんで」

「けど今、押し倒すて……」

「仲彦さんが俺のこと好きになってくれてんのがわかってましたからね。好きになってくれてんのやったら話は別です。エロいことしまくりたい思て当然でしょ?」

飽きもせず仲彦のふくらはぎを指で愛でながら、禄朗はまたニッコリ笑った。言葉の内容とは裏腹の、邪気のない笑みである。

仲彦は呆気にとられた。

俺に同意を求めるな!

そのツッコミは口から出ることなく、腹の内だけに収まった。エロいこと云々はともかく、禄朗が時間を置いてくれて、辛抱強く気持ちが追いつくのを待ってくれたから、彼への想いを自覚できたのだ。

「うちに来てくれはったときも顔真っ赤にして不安そうで、かわいいて。速攻で押し倒したろか思いましたけど、伸彦さん、ここまで来てんのにまだ自覚ないみたいやったから我慢したんです。ね、俺気ぃ長いでしょう」

そこまで言うと、禄朗はふくらはぎを撫でていた指先を膝へ移動させた。長い指は内腿をたどり、更に上へと伸びてくる。くすぐったい。

禄朗の動作を見るとはなしに見ていた伸彦は、指が下着の裾から中へ入り込もうとした時点で、慌てて振り払った。

「何すんねん」

「残念。ぽやっとしてはるからいけるか思たのに」

「アホ、そんなんでどこが気ぃ長いんや、……て、あ！　今何時？」

伸彦は慌てて周囲を見まわし、時計を探した。昨日は木曜だったから今日は金曜だ。仕事に行かなければならない。

禄朗はカラーボックスの上の目覚まし時計を見遣る。

「もうすぐ六時ですね」

「六時？　そうか、よかった」

思わずほっと息をつく。始業には間に合いそうだ。

投げ出していた足を折りたたみ、ついでに腹にかけられていたバスタオルもたたむ。そうして改めて禄朗に向き直る。

「着替えさしてくれてありがとう。服まで洗わして悪かった。俺の服どこ？」

「残念」

尋ねると、禄朗はさして残念そうでもなく言った。しゃがみ込んでこちらを見ている彼は、むしろ楽しげだ。

「残念て」

「仕事モードに入ってしまわはったみたいやから。仕事んときの伸彦さんも好きですけど、せっかく両想いになったんやから、もうちょっと素のカワイイ伸彦さんでおってほしかったなあ思て」

禄朗の言葉に、ムッと眉を寄せる。

「俺はカワイイない。フツーの男や」

「俺にとったら、伸彦さんはカワイイの塊です。特に今は生まれたての雛みたいや。伸彦さん、俺が初恋でしょ？　愛のあるセックスも俺が初めてやし」

ニッコリ笑った禄朗に、軽く触れるだけのキスをされる。たちまちカッと顔が熱くなった。

慌てて口許を手で覆う。

うわ、キスだけでこんな簡単に赤なるて、どないやねん俺。

しかもカワイイと言われてこの反応。十代の女の子ではあるまいし。

落ち着く。穏やかになれる。昨日、禄朗にはそう言ったけれど、確かにそれだけではなさそうだ。信じられないほど胸が熱い。

伸彦の様子を目を細めて見つめていた禄朗は、ふいに手を伸ばした。耳の上の髪をそっと優しくかき上げられる。

「伸彦さん、俺にしてほしいことあったら、何でも言うてくださいね」

「何で……」

「伸彦さんが好きやからです。好きな人の望みは叶えてあげたい。てゆうかまあ、ぶっちゃけ俺がカワイイ伸彦さんをかわいがり倒したいからなんですけど」

「かわっ……」

カワイイとかわいがり倒したい、両方の言葉に首筋まで赤くなるのがわかった。慌ててうつむくと、禄朗が満足げに笑う気配がする。

「とりあえず、朝飯の用意しますね。食べていかはるでしょう？」

「ん……、ありがとう」

頭から離れた禄朗の大きな掌(てのひら)を名残惜(なごりお)しく思いつつ、うつむき加減のまま礼を言う。

「いいえ。俺の作ったもんで伸彦さんの体が満足してくれるんやったら嬉しい」

「……言い方がやらしいぞ」

「やらしい言い方してますから」

胡乱な目を向けた伸彦に、禄朗はあっさり答える。咄嗟に言葉が出てこなくてパクパクと口を動かしていると、彼はニッコリ笑った。

「パンとご飯、どっちが食べたいですか？」

「……ご飯」

「そしたらご飯と、おかずは味噌汁と味付け海苔と卵焼きでええですか？」

立ち上がった禄朗に、うんと頷く。

「卵焼きの味つけは砂糖？　醤油？」

「醤油がええ」

ぶっきらぼうに言ったつもりだったのに、甘えた口調になってしまった。はいはいと嬉しそうに応じて、禄朗はキッチンに立つ。

今日も昨日と同じ世界にいるはずなのに、別世界に来たかのようだ。何もかもが信じられないほど輝いて見える。この分だと、今まで事務的にこなしてきたカラサちゃん関係のイベントの準備すら楽しくなりそうだ。

せやかてイベントには禄朗も出るし。

禄朗の広い背中を見つめた伸彦は、自然と笑顔になった。１Ｋの狭い間取りだけに、彼の後ろ姿はすぐ側にある。

好きな人が側にいる。好きな人の側にいる。
ただそれだけで幸せになれることを、生まれて初めて知った。――恋愛は素晴らしい。

厄介な男

「買い物ですか？」

ベッドに上体を起こした富田禄朗に問われ、うんと仲彦は頷いた。

「今度の日曜、昼から時間あるて言うてたやろ。付き合うてほしいねん」

「それは全然ええですけど」

おいでおいで、という風に手招きされ、禄朗の隣に滑り込む。すると、すぐに長い腕が腰を抱き寄せてきた。

湯で温まった体から逃げかけていた熱が、たちまち戻ってくる。十一月に入って急に冷えてきた空気も、恋人の腕の中にまでは侵入してこない。我知らず頬が緩む。

「何かほしいもんでもあるんですか？」

間近で見下ろしてきた禄朗に体を預け、仲彦は再び頷いた。

「折りたたみの傘がほしいねん。こないだ風の強い日があったやんか。あの日に壊れてしもて」

「そうなんですか。折りたたみの傘て、仲彦さんらしいですね」

禄朗が小さく笑う。細波のような振動が密着した体を通じて伝わってきて、仲彦も笑った。

先ほどまでのように互いの体温を混じり合わせる情交は言わずもがな、ただ身を寄せ合うだけの接触も心地好い。こんな風に人と触れ合うことが快いと感じるのは、禄朗が初めてだ。

禄朗と恋人として付き合い始めて約二ヵ月。禄朗の本業は『なにわドードー』という劇団所属の役者だが、演劇だけでは食えないので、バイトをいくつかかけもちしている。そんな彼との情事は、ほぼ一週間ぶりだった。市役所に勤める伸彦が休みの土日祝祭日は、禄朗にとっては稼ぎどきだからバイトで忙しいし、平日には劇団の稽古もある。外で食事をしたり話したりする時間はとれても、二人でゆっくりすごす時間を確保するのは難しい。

「俺らしいて何が」

クスクスと笑いながら尋ねる。

「俺、折りたたみの傘て持ってませんもん。雨降ってきたら濡れて帰るし」

「濡れたら風邪ひくやろ」

眉を寄せた伸彦に、禄朗は微笑む。

「それがひいたことないんですよ。根が頑丈なんですかね」

言いながら、禄朗は伸彦の手に自分の手を重ねた。がっちりとした筋肉質な体つきとは反対に、彼の指はすんなりと長く伸びている。その美しい指が、伸彦の指にからみつく。

「けど、いっぺん風邪ひいてみるんもええですね。今度雨の日があったら、傘さんと濡れてみよかな」

「アホ、何言うてんねん。風邪なんかひかん方がええに決まってるやろ」

不謹慎な物言いをした禄朗をじろりとにらむと、精悍な鋭い輪郭とは対照的な、眦の下がった優しげな双眸が細くなった。

あ、と思う。

緑朗がこんな目をするのは、仲彦のことをカワイイなあと思っているときだ。仲彦としては当たり前の反応をしただけなのだが、緑朗はカワイイと感じるらしい。

顔だけでなく胸も熱くなって、仲彦はうつむいた。嬉しくて恥ずかしくて、いたたまれない。

誰かの表情ひとつで胸を熱くする日がくるなんて、緑朗を好きになるまでは想像したこともなかった。

何しろ仲彦は一度も、誰にも恋をしないまま、二十六年をすごしてきたのだ。長い間、自分は誰のことも好きになれない欠陥(けっかん)人間だと思い込んでいた。緑朗は仲彦がようやく好きになることができた、稀有(けう)な存在である。

「せやかて、俺が風邪ひいたら仲彦さんが看病してくれはるでしょ」

長い指にきゅっと手をつかまれて、仲彦はうつむいたままぼそぼそと答えた。

「もちろん、するけど」

「けど？」

「わざわざ風邪ひくようなことすんな。心配するやろ」

精一杯怒った口調で言う。

わかりました、という答えが一向(いっこう)に返ってこなくて顔を上げると、緑朗が額(ひたい)に口づけてきた。続けて目許(めもと)に、鼻先にキスが落ちてくる。

柔らかな感触が気持ちよくてされるままになっていると、こつ、と額と額が軽くぶつかった。

「伸彦さん、カワイイなあ」

表情がわからないぐらいの至近距離で、甘い声が囁く。——恥ずかしい。

「カワイイことなんか」

ない、と言いかけた唇を塞（ふさ）がれた。ついばむような口づけは、しかしすぐに深くなる。忍び込んできた濡れた感触が、淫（みだ）らな動きで口腔内（こうこうない）を愛撫（あいぶ）する。

「ん……」

伸彦はつかまれていなかった方の手で禄朗の広い肩にすがった。角度を変えられ、舌を触れ合わせたまま喘（あえ）ぐように息を継（つ）ぐ。ちゅ、と微（かす）かな水音が漏（も）れた。

気持ちがいい。溶けそうだ。こんなに官能的（かんのうてき）で情熱的なキスは、禄朗としかしたことがない。

うっとり口づけを続けていると、腰をつかんでいた手がTシャツの裾（すそ）をたくしあげてきた。大きな掌（てのひら）がためらう様子もなく腹を撫（な）であげる。間を置かず、当然のようにパジャマと下着をかいくぐった指先に、ひく、と体が反応した。

「禄朗」

咎（とが）めるように呼んだものの、伸彦は禄朗の手を阻（はば）むことはしなかった。恋人に与えられる極（ご）上（じょう）の快楽を覚え始めた体では、拒絶することは難しい。

今かてキスも触られるんも、めちゃめちゃ気持ちええし。

伸彦の心中を見透（みす）かしているのだろう、禄朗は愛撫の手を止めない。

「嫌ですか？」

「や、やないけど……、さっきしたばっか、あっ」

直に触られて、伸彦は思わず声をあげた。

「大丈夫。ここ触るだけです。後ろは弄りませんから」

吐息と共に甘い声を吹き込まれ、伸彦は一瞬で真っ赤になった。

禄朗に初めて指を入れられたのは、三度目の情事のときだ。内臓がせり上がってくるような圧迫感も耐えがたかったけれど、何よりあられもない場所に指を入れられている事実が伸彦を苦しめた。恥ずかしくてたまらなくて、息も絶え絶えになりながらやめてくれと懇願した。やめてほしいと本気で禄朗に訴えたのは、後にも先にもそのときだけだ。

しかし顔から火が出るかと思うほどの羞恥は、すぐに霧散した。なぜなら今まで一度も味わったことのない強い快感が、禄朗の指によって生み出されたからだ。

かき乱され、蕩かされ、感じさせられて、自分でもあきれるほど何度も達した。そうして最後には、自ら行為をねだってしまった。以来、体を重ねるときは必ず後ろに指を入れられる。

ただ、禄朗の劣情を入れられたことはまだない。

伸彦さんが俺で感じてぐずぐずになってるとこ見るんが楽しいんです。それに俺は、カラアゲは後にとっとく性質なんで。

だから入れなくてもいいのだと禄朗は言った。

唐突に出てきたカラアゲという言葉に、仲彦はきょとんとした。禄朗は時折、不思議なことを言う。そうしたところも、彼を好きになった理由のひとつだ。

カラアゲて何？　と首を傾げると、どこがツボにはまったのか、貪るようなキスをされた。結局、カラアゲの意味はよくわからなかったが、男性との経験がない仲彦を気遣ってくれていることはわかった。それだけで充分嬉しかったことは言うまでもない。

「来週は金曜も稽古観に来てくれはるんですよね。一日置きで仲彦さんに会えるなんて嬉しいです。金曜日は直帰ですか？」

劣情を丁寧に愛撫しながら尋ねてくる禄朗に、ん、と仲彦は頷いた。長い指の動きはこれ以上ないぐらい的確だ。禄朗の掌の中で仲彦のそれはみるみるうちに熱をもち、形を変える。

「そしたら金曜日は美味しいもん作りますから、うちで一緒に食べましょう。泊まってってくれますよね？」

「土曜、出勤やから……、何回もは……」

「俺も土曜は早朝のバイトがあるんです。けどそれより、仲彦さんとしたいなあ。仲彦さんは、したない？」

「したい、けど、んっ……、あ」

返事は途中で嬌声に変わった。同時に、淫らな水音が辺りに響く。

真っ赤に染まった仲彦の耳朶に、禄朗はやんわり歯をたてた。

「わかりました。できるだけセーブしますね。買い物は、どこ行きます？」

「デパート……」

答えた声は甘く濡れた。異性との情事では一度の行為で疲れてしまっていたというのに、禄朗に触られると際限なく高ぶってしまう。開発されるとは、まさにこのことだ。

禄朗がエロすぎるんか、俺がエロすぎるんか。

──たぶん、どっちもや。

「そしたら来週の日曜は、デパート行きましょう。ね」

喘ぎながらもうんと頷いて、禄朗の肩口に額を預ける。快感に正直に声をあげると、淫靡極まりない愛撫とは裏腹の優しい口づけが、頭の天に降ってきた。


翌朝は、秋晴れという言葉が相応しい青空が広がった。しかしその一方で特別冷えていたので、伸彦はクローゼットから厚手のジャケットを引っ張り出し、それを羽織って出勤した。

市役所までは、自転車で約十五分。禄朗が作ってくれた朝食を腹いっぱい食べた体には、ちょうどいい運動だ。

一夜を共にすごした翌日は、禄朗が必ず朝食を用意してくれる。あり合わせの材料を美味しい料理に変身させる彼の腕前はなかなかのものだが、作ってもらってばかりでは申し訳ない。先日、たまには俺が作ろうかと言ってみたけれど、禄朗は首を横に振った。

好きでやってることですから気にせんといてください。伸彦さんの体は俺のもんですからね。俺が作ったもんで満たしたいんですよ。伸彦さんのために料理作るんは、一種の独占欲です。

ニッコリ笑った禄朗を思い出した伸彦は、駐輪場に自転車を停めつつ一人赤面した。新たに自転車を乗り入れてきた職員に、おはようございますと挨拶してから、建物の方へ早足で歩き出す。うつむき加減なのは、頬の火照りが引かないせいだ。

禄朗て、あんまり照れたりせんよな……。

恥ずかしい口説き文句もけろりと言ってのけるし、いつものんびりとして落ち着いている。対する伸彦は、初めての恋に照れたり感激したり慌てたりと、常に大わらわだ。好きな人との付き合いが、こんなに高揚するものだなんて知らなかった。

伸彦は今まで、数人の女性に告白された経験を持っている。その度、好きになれるかもしれないという期待を抱いて付き合った。しかし結局、誰一人好きになれなかった。そんな自分が禄朗を好きになれたのは、奇跡だと思う。

だから大事にしたい。できるだけ彼を喜ばせたい。

昨日、禄朗には折りたたみの傘を買いたいと言ったが、デパートへ行く目的は別にある。折りたたみの傘が壊れたのは事実だが、なくて特別困るものではない。二人で買い物に出かける本当の目的は、禄朗へ贈るクリスマスプレゼントをチェックするためだ。

禄朗は物欲がないらしく、テレビや雑誌で紹介される様々な商品を見ても、あまり興味を示さない。しかしデパートへ行けば、ひとつぐらいほしい物が見つかるだろう。

禄朗の誕生日は八月で、付き合い出す前にすぎてしまった。だから彼にプレゼントを贈るのは初めてだ。恋人としての義務ではなく、ただ喜ぶ顔が見たくてプレゼントを贈るのも、生まれて初めてである。

日曜、楽しみやな。

軽やかな足取りで歩を進めていた仲彦は、視界の端で閃いた強烈な光に、思わず目を細めた。灰色の古ぼけた壁にかけられた垂れ幕が、朝日を反射したらしい。垂れ幕には、市政五十年記念・カラサちゃん祭と記されている。

『カラサちゃん祭』とは、今月の半ばに三日間にわたって行われる観光物産展だ。観光課の職員である仲彦は、このイベントの企画と運営に携わっている。

禄朗と親しくなったのも、カラサちゃん祭がきっかけだった。最終日に行われる子供向けの劇『カラサちゃんとおともだち』を、禄朗が所属する劇団に依頼することになったのだ。偶然の出会いから仲彦に一目惚れしていた禄朗は、この依頼をチャンスとばかりに接近してきた。

あのときは、禄朗を好きになるて全然思てへんかったな……。

感慨深く垂れ幕を見上げていると、柾木君、と背後から声がかかった。振り向くと、大柄な女性が駆け寄ってくる。峰岸悦子だ。四十代後半の彼女は、課内に二人いる主幹のうちの一人で、伸彦の直接の上司にあたる。

「おはようございます、峰岸さん」

「おはよう。今朝は冷えるなあ。朝からジャンパー出せコート出せて、息子らがやいのやいのうるそうて大変やったわ」

おお寒、と自分の腕をさすった峰岸に、伸彦は笑った。

「十一月は寒いけど、晴れる日が多いらしいですよ。今朝の天気予報で言うてました」

「そらよかった！ イベントの人の入りは天候に左右されるからねえ」

嬉しそうに笑った峰岸と、肩を並べて歩き出す。

「何とか今日までこれましたね」

「ほんまやなあ。今回はいつもとちゃうことが多かったから最初はどうなることか思たけど、帳尻合うてよかった」

「ほんまに」

伸彦は大きく頷いた。観光物産展そのものは毎年行われているイベントだが、今年は市政五十年記念のために規模が大きいのだ。準備にも時間と手間がかかっている。

伸彦は峰岸と共に職員用の入口から建物に入り、観光課の部屋へ向かった。並んで歩いていると、峰岸がふいにこちらを見つめてくる。薄い化粧が施された顔に浮かんでいるのは意味深な笑みだ。

「柾木君、最近何かええことあった？」

ニッコリ笑った峰岸に、仲彦は思わず、え、と声をあげた。

「や、あの……、ええことてゆうか……」

いいことなら山ほどあったけれど、正直にそう言っていいものかわからず、仲彦はしどろもどろになった。峰岸にもわかるほどの変化が己にあったのだと考えただけで、自然と顔が熱くなる。

仲彦の顔色の変化を肯定ととったらしい。やっぱりなあと峰岸は頷いた。

「何や明るうなったもんな」

「……そうですか？」

そおやで、と笑って応じてから、峰岸は声をひそめた。

「もしカノジョと結婚とかやったら、仲人立てへんでも課長にひとこと言うたげてな。せやないと後が大変やから」

仲彦は苦笑して頷いた。五十代半ばの課長は、課内で唯一の独身である仲彦の仲人がしたくて仕方がないらしい。ことあるごとに、結婚しろ、結婚はまだか、とうるさい。あらゆる面で旧式然とした役所に相応しい、古いタイプの上司だ。

観光課の部屋に入ると、その課長は既に来ていた。こちらに背を向けて椅子に腰かけ、青い空が映し出された窓の方を見ている。課長席にある出欠表に出所時刻を記入すべく歩み寄っても気付かない。

「おはようございます、課長」

峰岸に続いて声をかけると、課長はハッとしたように振り向いた。いつもはやたらと血色（けっしょく）のいい顔が、今日は心なしか青く見える。

「おう、おはよう」

「顔色悪いですよ。体調悪いんとちゃいますか」

峰岸の心配そうな問いかけに、課長は力なく笑った。

「寝不足でな」

「寝不足？　何かあったんですか？」

まあな、と課長は曖昧（あいまい）に頷く。珍しく意気消沈（しょうちん）している彼に、伸彦は思わず峰岸と顔を見合わせた。いつも元気が有り余っている課長は、どちらかといえば傍迷惑（はためいわく）な存在だが、元気がない課長というのも、それはそれで気味が悪い。

「なあ、柾木君」

出欠表に時刻を書き込んでいた伸彦は、はい、と用心深く返事をした。課長は至極（しごく）真面目な顔でこちらを見上げてくる。

「最近の若い男っちゅうのはあれか。離婚に抵抗ないんか」

「は？」

思わず大きな声が出た。横にいた峰岸も目を丸くしている。

離婚ていきなり何やねん。

結婚もしていないのに、そんなことがわかるわけがない。

きょとんとしていると、課長は大きなため息を落とした。

「九月に結婚した甥がな、好きな人ができたから離婚する言うんや。ぎょうさん人呼んで盛大な披露宴したもんやさかい、あっちゃこっちゃで騒ぎになって。妹夫婦には離婚せんように説得してくれて泣きつかれるわ、甥の嫁の両親には怒鳴り込まれるわ、仲人した甥の上司が乗り出してくるわで、えらいことになってんねん」

はあ、と仲彦は間の抜けた声をあげた。そういえば数ヵ月前、課長は甥の結婚式に出席すると言っていた。そのときも、柾木君も早よ結婚せな、としつこくくり返されて閉口したのだ。けど結婚はともかく離婚て、そんな内輪のこと、ここで言うてしもてええんかいな……。

半ばあきれていると、答えを期待していたわけではなかったのか、課長は独り言をつぶやくように続ける。

「離婚するんと恋人と別れるんとは全然ちゃうとわしは思うんやけど、そういうのはもう古いんかな。もともと移り気っちゅうか惚れっぽい奴で、次から次から付き合う子ぉ替えとったんや。ようやっと落ち着いてくれたて妹夫婦も喜んでたのに、二ヵ月で離婚てなあ……」

課長は再びため息をついた。何にでも首を突っ込みたがり、こうして親戚の一大事を同僚に話してしまう彼のことだ。きっと甥が結婚するときも何かと口出しした上に、あちこちで彼の慶事(けいじ)について触れまわったのだろう。どうやらそれが仇(あだ)となり、方々(ほうぼう)から相談や苦情を持ち込まれているらしい。

ついには遠い目になってしまった課長を残し、峰岸と共にその場を離れる。

「当分、結婚の話はしはらへんかもね」

声をひそめた峰岸に、伸彦は苦笑で応じた。

自分のデスクにカバンを下ろしつつ、ちらりと課長を見遣(みや)る。彼はちょうど欠伸(あくび)をかみ殺しているところだった。本当に疲れているようだ。

惚れっぽい男、か……。

惚れっぽいといえば禄朗もそうだ。今までほとんど絶(た)えず好きな人がいたという彼は恋愛経験が豊富である。伸彦を好きになったのも、実に他愛(たわい)ない理由からだった。

つまり、俺以外の誰かのことも、他愛ない理由で好きになるってことや。

「……」

自分の考えに、伸彦は愕然(がくぜん)とした。理屈で考えればすぐわかることなのに、なぜ今まで気付かなかったのだろう。――禄朗は簡単に人を好きになる。

伸彦は思わず頭を振った。

や、けど今の禄朗は俺が好きなんや。俺のことをカワイイ思てる。それは間違いない。

要するに、禄朗が誰よりカワイイと思う存在であり続ければいいのだ。そうすればずっと好きでいてくれるだろう。側（そば）にいてくれるはずだ。

そこまで考えて、伸彦はまたしても愕然とした。

どうすればカワイイと思われるかが、わからない。


仕事を終えた伸彦は、マンションではなく駅へと自転車を走らせた。

役所を出たのは午後七時すぎである。カラサちゃん祭の準備は順調で、それほど遅くまで残業する必要はない。

わざわざ電車に乗ってどこへ行くかといえば、禄朗のバイト先である居酒屋だ。

どうしても不安な気持ちを拭（ぬぐ）いきれず、禄朗の顔が見たくなってメールを送った。今日の帰りに寄ってもいいかと尋ねると、ぜひどうぞ、とすぐ返信がきた。

嬉しいです。待ってますね。

メールはそんな言葉でしめくくられていたけれど。

「あかんかったやろか……」

居酒屋へと足を運びながら、仲彦は小さくつぶやいた。昼間のように明るい繁華街は、平日であるにもかかわらず人でごった返している。日が落ちて気温が下がったせいか、皆心なしか早足だ。

バイトしてるとこへ行くて、鬱陶しい思われたかも……。

今まで一度も行ったことがないバイト先へ突然行くと言い出したことを、不審に思われたかもしれない。だいたい、今朝まで一緒にいたというのに、また顔が見たいなんておかしな話だ。鬱陶しいを通り越して、嫌悪を抱かせてしまった可能性もある。

我知らずため息が漏れた。改めて、恋愛はわからないことだらけだと思う。

禄朗には恋愛の意味で好きになる『カワイイ』があるそうだ。その『カワイイ』が重なると、どんどん好きになってゆくという。禄朗本人がそう言ったのだから間違いない。

彼いわく、仲彦さんはカワイイの塊、らしいが、自分のどこがそんなにカワイイのか、仲彦にはさっぱりわからない。切れ長の双眸と細い鼻筋、薄い唇は頼りなげな印象を持たれることが多いけれど、『頼りない』と『カワイイ』は全くの別物だろう。また、特別な才能があるわけでもない。ごく普通の、平凡な公務員だ。

せやから困んねんな……。

禄朗が自分のどこを好きになったのか、いまいちはっきりしないのが難点だ。はっきりしていれば、カワイイと思われるために必要なこともわかるのだが。

もう何度目かわからないため息を落とし、伸彦は足を止めた。いつのまにか禄朗が働く居酒屋の前まで来ている。

派手な通りにあって、落ち着いた色合いの外壁と看板は逆に目立っていた。随分とモダンな雰囲気である。想像していたような大衆的な店ではない。

こんなとこで働いてたんや……。

わずかに気後れしつつ、伸彦はドアを押した。外観に負けず劣らず、内装も洗練されている。抑えられた照明が心地好い。

「いらっしゃいませ！」

威勢のいい声がしたかと思うと、小柄な女性が歩み寄ってきた。

「何名様ですか？」

「あ、一人です」

「お一人様ですね。生憎テーブルは全て満席でございまして。カウンターでもよろしいでしょうか」

はいと頷くと、いらっしゃいませ、と聞き慣れた声がした。柔らかで、けれど不思議とよく通る禄朗の声だ。

こちらに歩み寄ってきた彼は白いシャツに黒のパンツ、黒のショートエプロンという出で立ちだった。シンプルな服装が長身に映えている。

めっちゃカッコエエ……。

Tシャツにジーンズといったラフな格好しか見たことがなかったので新鮮だ。思わず見惚れてしまう。

「いらっしゃい、伸彦さん」

笑顔で呼ばれて、伸彦はハッとした。ぼんやり見惚れている場合ではない。反射的に自分の服装を見下ろす。上は昨年バーゲンで購入したジャケット、下は薄青色の作業ズボン、足元は履き古したスニーカー。――いかにも『さえないお役人』だ。当然かっこよくないし、ましてやかわいくなどない。

せめてスーツで来たらよかった……。

決まりが悪くてうつむく。すると、禄朗の大きな掌が背中にあてられた。

「富田君、また知り合い？」

女性店員の問いに、禄朗が、ええと頷く。

「俺が案内しますんで」

「そお？ そしたらお願い」

また、て誰か来てるんやろか。

疑問に思いつつも禄朗と目を合わせられなくて下を向いたままでいると、伸彦さん、と呼ばれた。おずおずと顔を上げる。

見下ろしてきた禄朗の顔は、優しい笑みで彩られていた。いつもと同じその笑顔にほっとする。

「ここ、すぐわかりました？」

「わかったけど……、あの、禄朗」

「はい」

「あの……、急に来てごめんな」

再びうつむき加減になりながら謝る。

上目でちらと見上げると、禄朗はゆっくり瞬きをした。しかしすぐニッコリと笑う。

「謝らはることないですよ。来てもらえて嬉しいです。メールにもそう書いといたでしょ？」

「それは、そうやけど」

口ごもると、こちらを見下ろす禄朗の目が細められた。あ、と伸彦は心の内だけで声をあげる。

禄朗、また俺のことカワイイ思てる。

しかし伸彦にはやはり、どこがカワイイのか全くわからなかった。

嬉しいけれど困る。

「さあ、お客様。お席にご案内します」

悪戯（いたずら）っぽく言って、禄朗は奥へと促（うなが）した。並んで歩き出しても、背に添えられた掌は離れない。大切なものを守るような仕種に安堵（あんど）する反面、息がつまるような感じも覚えて、伸彦は眉を寄せた。

顔見れて嬉しいのに、何やこれ。

先ほどまでの不安な気持ちともまた違う。胸の辺りが苦しくて熱い。

黙っていると正体不明の感情の波に飲み込まれてしまいそうで、伸彦は意識して明るい声を出した。

「なあ、さっきの人、またて言うてはったけど誰か知ってる人が来てるんか？」

「ええ。ついさっきサダさんが来はったんです」

「え、そうなんや」

サダさんとは禄朗が所属する劇団『なにわドードー』の主催者、定家薫（さだいえかおる）のことだ。脚本、演出、役者と、オールマイティにこなす男である。年は三十五だと聞いているが、日に焼けた肌のせいか、あるいはスラリと伸びた長身のせいか、一見すると年齢不詳だ。件（くだん）の『カラサちゃんとおともだち』も、彼の脚本演出である。

「劇団の人と一緒か？」

「いえ、甥っこさんと二人で」

ふうん？　と伸彦は首を傾（かし）げた。親戚と一緒に来ているのだとしても、邪魔にならない程度に挨拶しておいた方がいいだろう。

「先に挨拶しとくわ。どこにいてはる？」

「カウンターに。あそこです」

伸彦は禄朗の手の先、ぎっしりと客で埋まったカウンターに視線を移した。

長い足を持て余すようにスツールに腰かけた男は、確かに定家だった。後ろ姿を見ただけで、はっきり彼だとわかる。それだけ存在感があるのだ。

定家は隣に腰かけた細身の男性の背を叩き、笑っていた。もっと小さな子供を想像していたが、彼が甥らしい。

禄朗と共に歩み寄ると、定家はいち早くこちらに気付いた。振り返り、整った白い歯を見せる。

「杜木さんやないですか！　どうもどうも！」

「こんばんは。お世話になってます」

「お世話になります。今度の金曜、よろしいお願いしますわ」

「こちらこそ。観せてもらううん楽しみにしてますんで」

和(なご)やかに言葉をかわしていると、定家の横にいた男がじっとこちらを見つめてきた。

えらいキレイな子やな……。

年は二十歳前後といったところか。涼しげな目許が印象的な、端整(たんせい)な面立(おもだ)ちだ。長めに伸ば

された色の薄い髪が、厭味なく似合っている。

甥が仲彦を凝視していることに気付いたらしく、定家は横から彼の頭を小突いた。

「コラ順、おまえ何をメンチ切ってんねん。すんません柾木さん。これ僕の甥ですねん」

甥にしては大きい。

そう思ったのが顔に出てしまったのか、定家は屈託なく笑った。

「一番上の兄貴の子供なんですよ。俺末っ子やから年が近いんです。順、挨拶」

叔父に催促され、順は頭を下げた。

「定家順です。京都の大学に通てます」

「柾木です。市役所に勤めてます」

つられるように職業を答えると、順は仲彦の頭の天から足の先まで無遠慮に眺めまわした。かと思うと悪戯っぽく笑う。

「やっぱり劇団の人と違たんや。かおちゃんの知り合いにしてはまともっぽいもんな」

「おいコラ、どういう意味やそれは」

再び甥の頭を小突いた定家につられて笑いながらも、仲彦は内心で冷や汗を流した。ほんの数秒の間に、順に値踏みされたような気がしたのだ。

しかも下やて判断されたような……。

「柾木さん、お一人ですか？　お邪魔やなかったらご一緒しませんか？」

「あ、はい」

断る理由もないので頷く。定家にどうぞどうぞと促され、ひとつだけ空いていた順の横に腰かける。

するとすかさず、禄朗が傍らに立った。

「お酒飲まはりますか？」

「うん。ビール頼むわ」

「つまみは？」

「せやなあ、任せる」

禄朗はニッコリと笑みを浮かべ、かしこまりました、と頷く。彼は既に伸彦の食べ物の好みを把握している。きっと好きそうなものを選んでくれるだろう。

厨房へ戻る禄朗を自然と目で追っていると、横顔に強い視線を感じた。反射的に振り向く。すると、順がじっとこちらを見ていた。

「？」

首を傾げると、彼は小さく笑った。が、何も言わない。

何となくばかにされた気がして不快に感じていると、順ではなく定家が口を開いた。

「柾木さん、ようここ来はるんですか？」

「いえ、初めてです。定家さんは」

「僕も初めてなんです。急にこいつが来たんはええんですけど、食うもんないし連れてきたんですよ」

「食うもんないて、奥さんどうかしはったんですか」

定家の妻には一度だけ会ったことがある。定家宅の離れにある劇団の事務所を訪ねたときに顔を合わせた。明るい声でよく笑う、豪快な印象の女性だった。趣味が料理だとかで常にたくさんの食材がストックしてあり、劇団員も時折、彼女の手料理をご馳走になると禄朗に聞いていたのだが。

「もうすぐ二人目が生まれるんで、娘と一緒に実家に帰ってるんです」

嬉しそうに言った定家に、伸彦はほっとして笑った。三つになる彼の娘にも一度会ったことがある。定家に似て目鼻立ちのはっきりとした、おしゃまな少女だった。

「そういや奥さん、お腹大きかったですもんね。おめでとうございます。予定日はいつですか？」

「クリスマス頃です」

短く応じた定家は、ふいに、お、と声をあげてジャケットの内ポケットに手を入れた。マナーモードにしていた携帯電話が鳴ったようだ。

「ちょおすんません」

定家が断りを入れて席を立ったため、後には順と伸彦、二人だけが残された。しん、と沈黙が落ちる。周囲の客の笑い声や話し声が、急に大きくなった気がした。

気まずい……。

好意を持たれていないとわかるから、余計に何を話していいかわからない。それになぜか、順の機嫌は先ほどより悪くなっているようだ。ムッとしているのが見てとれる。

「柾木さん、禄朗さんと付き合うてはるんですよね」

唐突に言われて、伸彦はぎょっとした。

慌てて振り向いた先にあった端整な顔つきに、鮮やかな笑みが広がる。が、涼しげな目許は笑っていない。

え、何？　何でそんなこと知ってんねん。

返事ができないでいる伸彦を気にする様子もなく、順は淡々と続ける。

「見たらすぐわかります。禄朗さんはゲイやけど、柾木さんは違いますよね。バイなんかな。それともノンケですか？」

「……や、俺は……」

「俺はゲイです」

またしても唐突に言われて、伸彦は目を見開いた。

なぜそんな重大なことを今、初対面の、しかも気に入らない人間に言うのか。意図がわからなくて、ますます言葉が出てこなくなる。

すると順は口許に浮かべていた笑みをスッと消した。表情が消えると、なまじ整った面立ちだけに迫力がある。

「俺は基本的に、ノンケとかバイの人の好きは信用してません。どんだけ好きや言うてても世間体気にする。普通のお勤めしてはる人は特にね。結局別れるか、別れんでも結婚してこっちが不倫になってまう。女の人好きになれるんやったら、最初からそっちにしといたらええのに。迷惑や」

一度言葉を切った順は、薄く笑みを浮かべた。

「遊びやったら別やけど、俺はやっぱり最後には同じゲイの人を選ぶな」

氷を思わせる冷たい声音に伸彦が息を飲んだそのとき、禄朗が歩み寄ってきた。

順は何事もなかったかのように伸彦から視線をそらし、前を向く。

「お待たせしました」

柔らかな声が降ってくると同時に、伸彦の前にグラスが置かれた。

思わず振り仰ぐと、禄朗は、ん？　という風に首を傾げる。

禄朗も、やはりゲイの恋人の方がいいのだろうか。最後には、伸彦ではない誰かを選ぶのだろうか？

「伸彦さん？」

じっと見つめるだけの伸彦を不思議に思ったのか、禄朗が呼ぶ。ちょうどそのとき、どうもすんません、と頭を下げながら定家が戻ってきた。彼が賑(にぎ)やかに話し出したので、禄朗は気遣わしげな目をしつつも一旦(いったん)離れる。

その広い背を見つめ、伸彦は思った。

俺はたぶん、一生、禄朗以外は誰も好きになれんのに。


風呂から上がった伸彦は、ぐったりとベッドに伏した。

疲れた……。

居酒屋で飲んだビールの味も、禄朗が見繕(みつくろ)ってくれたつまみの味も、よくわからなかった。

定家が席に戻ってきた後、順はごく普通に振る舞った。むしろ必要以上に親しげだったといってもいいだろう。定家をまじえた会話の中でも、ねえ柾木さんと何度も相づちを求めてきた。もっとも、ほとんどまともに応じられなかったのだが。

せっかく禄朗の顔を見に行ったというのに、気分は晴れないままだ。嫌な気分というよりも、落ち込んでいた。自然と深いため息が漏れる。

情けない……。

順の言葉に動揺したこと自体が情けなかった。彼は彼。禄朗は禄朗だ。同性しか好きになれないという点は同じかもしれないが、考え方まで同じとは限らない。

そんな風に思うのは、自分が家族とも友人たちとも違って恋愛に不向きだったからだ。彼らと自分を比べ続けてきた伸彦は、自分は誰のことも好きになれない、生まれつき精神的な欠陥(けっかん)のある人間だと思っていた。禄朗に恋をするまで、その欠陥を隠すこと、ごまかすことに終始(しゅうし)してきたといってもいい。

外から見て同じでも、中身まで同じとは限らない。己自身を振り返ってそう思う。

それにしても順君、どういうつもりで俺にあんなこと言うたんやろ。

順が伸彦に向けてきたのは、間違いなく悪意だった。伸彦の何かが気に入らなかったのだろうが、それが何なのかわからない。

禄朗が何をカワイイと思うのか。苦しいような、熱い感情。――ただでさえわからないことだらけなのに、混乱の極みだ。

まあ、もう会うこともないやろうけど……。

再びため息を落としたそのとき、サイドボードに置いておいた携帯電話が鳴った。禄朗からメールが届いたときに鳴るメロディに、飛びつくようにして携帯を手にとる。待ち受け画面には、メールが来たことを知らせるマークが出ていた。

自然と笑みがこぼれる。落ち込んでいた気分がたちまち浮上(ふじょう)する。

伸彦は早速メールを開いた。

件名は、ありがとうございました。

今日は店に来てくれはってありがとうございました。嬉しかったです。マンションまで送れなくてごめんなさい。調子が良うないみたいやったけど大丈夫でしたか？

そこまで読んで、胸が熱くなった。

禄朗、俺の様子がおかしいて気付いてたんや。

日曜日、デパート行くの楽しみにしてます。もちろん金曜日のカラサちゃんもがんばります。

そうしめくくられたメールを読み終えた伸彦は、すぐにボタンを操作して禄朗の携帯の番号を呼び出した。ちらりと見た目覚まし時計の針は十一時をすぎている。もうそろそろ帰宅しているだろう。

今はメールを返すより、声が聞きたい。

耳に携帯をあてると、呼び出し音は数回で途切れた。

『伸彦さん？』

開口一番名を呼ばれて、うんと頷く。我知らず安堵の吐息が漏れた。電話をかけるといつも、禄朗は一番に名前を呼んでくれる。その声を聞くだけで安心できる。

「メールありがとう。今しゃべってて大丈夫か？」

『大丈夫ですけど、ちょっとだけ待っててくださいね。移動しますんで』

禄朗が立ち上がる気配がする。

「うちに帰ってんのとちゃうんか？」

『今サダさんちなんですよ』

「え、何で？」

『打ち合わせで』

禄朗はのんびりと答えた。部屋を出たのか、声の響きがわずかに変わる。

定家は劇団の主催者で、禄朗はその劇団に所属する役者だ。打ち合わせがあってもおかしくはないが、今、定家宅には順がいる。

「……禄朗」

『はい』

「俺な、おまえが好きや」

考えるより先に言ってしまってから、伸彦はハッとした。

うわ、俺はいきなり何を言うてんねん。

羞恥と焦りで頬が熱くなる。急にどないしはったんですかと笑われるかと思ったが、禄朗は至極真面目に応じた。

『俺も好きですよ。伸彦さんが好きです』

囁くような優しい声音に、今度は全身が熱くなった。

好きという言葉は何度も聞いている。たった二つの文字をくり返しているだけなのに、少しも聞き飽きないのはなぜだろう。

『それ言うために電話くれはったんですか?』

やはり優しく問われて、仲彦は耳まで赤くなった。

「……や、そうやのうて。声が」

聞きたかったから。

言いかけて、仲彦は口を噤んだ。長い間会っていなかったのならともかく、数時間前に顔を合わせたばかりなのだ。寂しがりの女性ではあるまいし、二十六にもなった男が言うセリフではない。

いや、言った方がいいのか。その方がカワイイと思われるだろうか。

迷っている間に、禄朗が尋ねてきた。

『声が、何です?』

「や、あの……。……何でもない」

結局そんな風に答えると、そうですか? と禄朗は笑いまじりに言った。仲彦さん、と穏やかに呼ばれる。

『仲彦さんの声が聞きたかったから、電話くれはって嬉しいです』

のんびり言われて、仲彦は言葉につまった。

やっぱり声が聞きたかったて言うてもよかったんや。てゆうか、言うた方がよかった。

せやかて俺、禄朗に言うてもらえてめちゃめちゃ嬉しい。

『体の調子はどうですか？　大丈夫ですか？』

仲彦の返事を待たず、禄朗が優しく問う。胸がいっぱいになって、ん、と仲彦は短く頷いた。

ちょうどそのとき、禄朗さん、と呼ぶ声が電話の向こうから微かに聞こえてきた。

順の声だ。ギクリと体が強張る。

「禄朗」

思わず呼ぶと、禄朗はいつも通り、はい、とゆったり応じてくれた。順が近くにいるのか、いないのかはわからなかったけれど、仲彦は続けた。

「別に用事はないんや。俺も、おまえの声が聞きたかっただけやねん」

『そうなんですか』

嬉しそうな声音に、こちらも嬉しくなる。

「また連絡する」

『ええ、俺も連絡します』

そしたらおやすみなさい、という言葉を最後に通話は切れた。ツー、ツー、という無機質な音が耳を打つ。

ため息と共に携帯を耳から離した仲彦は、ベッドに突っ伏した。

俺は禄朗にカワイイて思てもらうどころか、喜ばせることもできん……。

そう考えた後、はたと我に返って顔を上げる。

禄朗は今、順と同じ屋根の下にいるのだ。

順は同じ嗜好の人と恋愛したいと言っていた。しかも彼は随分と整った容貌だった。少なくとも仲彦よりは、遥かに『カワイイ』。

自分自身が作り出した嫌な考えを追い払うべく、仲彦は頭を振った。男女でも、一つ屋根の下にいるからといって、すぐそうした関係になるわけではない。それはきっと男同士でも同じだろう。

だいたい、定家さんちにおるいうことは、定家さんも一緒にいてはるんやし。

「………」

仲彦は再びベッドに沈んだ。枕に顔を埋め、低くうなる。

短い時間で落ち込んだり、嬉しくなったり、また不安になったり。激しい感情の波に、心も体もついていかない。喜びが大きい分、その逆の感情もより強く感じるのかもしれなかった。

禄朗を好きになるまでの自分が、いかに平坦な世界で生きていたかを思い知る。

恋愛は、楽しいばかりではない。

目の前にいるのは河童、雪女、子泣き爺、砂かけ婆、そしてから傘お化けが二体だ。から傘お化けたちがやけに大きいのは、彼らが着ぐるみだからである。

閉じたから傘に目がひとつ。口からは赤い舌がべろりと垂れており、高下駄を履いた一本足が柄になっている。――いわゆる「から傘お化け」の名前は『カラサちゃん』。『カラサちゃん祭』のイメージキャラクターだ。江戸時代に地場産業として和傘が作られていたためか、から傘お化けの伝承が市内のあちこちに残っており、イベントのキャラクターとして採用された。

定家が脚本を書いた『カラサちゃんとおともだち』は、このから傘お化けの『カラサちゃん』が主人公の物語である。ある日、仲間が拾った不思議な石のせいで、カラサちゃんが二人になってしまう。二人のカラサちゃんにふりまわされる仲間たちのドタバタを描いた、子供向けの喜劇だ。もともと『なにわドードー』自体がコメディを中心に活動していることもあるのだろう、他愛ない筋書きだが、大人が観てもおもしろい。

「柾木君、どっかあかん？」

くいとシャツの袖を引かれて、伸彦はハッとした。隣に立っている峰岸が真剣な顔でこちらを見ている。

いつのまにか眉間に皺が寄っていたことに気付いて、伸彦は慌てて笑ってみせた。

「いえ、全然。おもしろいですよ」

場所は『なにわドードー』の稽古場だ。主催者である定家が、知り合いに格安で借りているという廃工場の倉庫である。衣装もメイクも本番さながらの劇は、終盤にさしかかっていた。完璧な仕上がりだ。イベント当日の成功は間違いないだろう。

眉間に皺が寄っていたのは芝居の出来が悪いせいではない。仲彦と峰岸が立っている壁際から少し離れた場所に、順がいるからだ。稽古場へ着いたときには既にいて、彼の方から挨拶をしに来た。見学に来たのだという。

居酒屋で順と会ってから四日が経った。昨日、電話をかけてきてくれた禄朗によると、大学の冬休みまでは間があるはずなのに、定家宅に居候しているそうだ。滞在の理由を尋ねた仲彦に、わかりませんと禄朗は答えた。順は大学の演劇サークルに入っていて、卒業後も続けたいと考えているらしい。

そのための相談を受けてるんやて、サダさんは言うてはりましたけど。

禄朗の返答に、仲彦は正直ほっとした。定家に事情を聞いただけで、禄朗自身が相談を受けたわけではないとわかったからだ。

ちらと順を見遣ると、いきなり目が合った。彼はニッコリと笑う。無視するわけにもいかず、仲彦も笑みを返した。

あんまり愛想ええと、逆に怖いんやけど……。

困惑を通り越して不審に思っていると、明るい音楽が鳴った。劇中に登場したお化け全員がそろう。エンディングだ。慌てて拍手をする。

手をつないだお化けたちは一斉にお辞儀をした。

「これで当日もばっちりやね」

「ですね。なにわドードーさんに頼めてよかったです」

峰岸の言葉に頷きつつ拍手を続けていると、二体のから傘お化けのうちの一体が、どうもどうもと手を振った。定家が入っているカラサちゃんのその仕種に応じて、峰岸が一歩前に出る。

「凄くおもしろかったです。急なお願いやったのに、ここまで仕上げてくださってほんまにありがとうございました」

峰岸に倣い、伸彦も頭を下げた。すると役者だけでなく裏方のスタッフからも、ありがとうざいました、と答えが返ってくる。

「一旦休憩！　お疲れさん！」

スタッフの手を借りてカラサちゃんから出てきた定家の言葉に続いて、スタッフの一人が声を張り上げた。

「峰岸さんと柾木さんから、お茶の差し入れいただいてます」

おおー、という歓声と同時に拍手が沸いた。あちこちから再び、ありがとうございます、と声がかかる。

ペットボトルの茶が配られる様を見守っていると、定家が歩み寄ってきた。倉庫内は暑くも寒くもないちょうどいい気温だが、彼は汗だくだ。大きくて重い着ぐるみを身につけたまま休みなく動き続けたのだから、当然だろう。

「気ぃ遣てもろてすんません」

「いえいえ、たいしたもんやないですから」

峰岸が答えている間に、伸彦はもう一体のカラサちゃんから出てきた禄朗を見つめた。こちらもびっしょりと汗をかいている。

タオルで汗を拭っていた禄朗と目が合った。頬を緩めた彼に、伸彦も心からの笑みを返す。

お疲れさま、という風に小さく頷くと、彼も頷いた。

その禄朗に、なぜか順が歩み寄る。

あ、コラ。禄朗に近付くな。

反射的に駆け寄りそうになった足を、伸彦はどうにか止めた。今は仕事で来ているのだ。劇団のメンバーは禄朗がゲイだと知っているが、伸彦と付き合っていることまで知っているかはわからない。たとえ知られているにせよ、仕事とプライベートは混同すべきではないだろう。

順は腰を下ろした禄朗の側に立ち、彼に話しかけた。禄朗は笑顔で応じる。すると順は彼の隣にしゃがみ込んだ。周囲のざわめきに邪魔をされて、声は聞こえてこない。

何か、めっちゃ楽しそうなんやけど。

……てゆうかわざとか？

伸彦が見ているとわかっているだろうに、順はひたすら禄朗に話しかけている。禄朗も穏やかに答えている。

禄朗、おまえもそんな子相手にすんな。

腹立ちまぎれにそう思った自分に、伸彦はがっくり肩を落とした。

順は普通に話しているだけだ。禄朗に触れているわけでもなければ、内緒話をしているわけでもない。それなのに、無視しろなどと思う方がどうかしている。

伸彦は二人から無理やり目をそらした。が、どうしても気になって見つめてしまい、慌ててそらす。また気になって見つめる。過剰反応だと自覚しつつも、止められない。視線が勝手に右往左往する。

一人やきもきしていると、少し離れた場所でスタッフや峰岸と世間話をしていた定家が、順、と呼んだ。叔父の手招きに、彼は案外素直に腰を上げる。

「何？」

「そこに袋あるからペットボトル集めてこい」

「えー、何で俺が」

「おまえこん中で一番若いんやぞ。それぐらい働け」

あっさり言われて、順は渋々といった風に袋を手にした。居候させてもらっているからなのか、定家の言うことはきくようだ。

とりあえず禄朗から離れてくれてよかった……。

胸を撫で下ろしていると、当の禄朗が歩み寄ってきた。優しげでありながら精悍な顔には、なぜか申し訳なさそうな表情が浮かんでいる。――嫌な予感がした。

「仲彦さん、今日の夕飯なんですけど、順君も一緒でええですか？」

え、と思わず声をあげてしまう。

禄朗はちらと定家を見遣った。

「今日この後、サダさん奥さんのとこに行かはるそうなんですよ。順君一人らしいんで」

嫌や、と瞬時に思ったけれど、仲彦はどうにか笑顔を作った。この状況で嫌とは言えない。

無理やり引っ張り出してきた大人の顔で頷く。

「もちろん、ええよ」

刹那、もう一人の自分が心の内でツッこんだ。

ええことあるか！　子供やないんやから飯ぐらい一人で食え！


恋人として付き合う前、ガチャガチャしていると禄朗に言われたことがある。基本は静かで落ち着いているけれど、たまに賑やかで明るい。そう言われた。落ち着いているとか物静かだと評されることが多かったから、新鮮だったし驚きもした。

しかし今、自分が物静かなどではないとはっきりわかる。かといって、賑やかで明るいわけでもない。

飯ぐらい一人で食えて、どこの陰険ジジィやねん俺……。

「仲彦さん」

項垂れていた仲彦は、ハッと顔を上げた。

隣に腰かけた禄朗が心配そうに覗き込んでいる。

「何?」

「しんどそうやから。大丈夫ですか?」

「ああ、うん。大丈夫」

慌てて頷くと、禄朗はほっとしたように笑った。

「うちで食べるんは今度にしましょうね」

優しい口調が嬉しくて、ん、と頷く。

稽古場を出た後、仲彦と禄朗、そして順の三人で、小さな中華料理店に入った。夕食どきとあってほどよく混んでおり、店内は心地好いざわめきと食欲をそそる香りに満ちている。

店員に注文を告げてすぐ、順は電話をかけると言って外へ出ていった。だから今、テーブルにいるのは仲彦と禄朗だけだ。

稽古場にほど近いこの店で夕食を食べようと提案したのは禄朗である。定家に夕食代として幾ばくか渡されたらしい。

　禄朗の部屋で、禄朗の手作りの料理を食べるのだと思っていた伸彦は安堵した。同時に、飯ぐらい一人で食えと思った自分が恥ずかしくなった。順に良い印象を持っていないとはいえ、こちらは彼より年上なのだ。了見が狭すぎる。

「外寒なってきましたよ」

　にこやかに言いつつテーブルに戻ってきた順は、禄朗の正面に腰かけた。端整な面立ちに浮かんでいるのは人懐っこい笑みである。四日前、居酒屋で二人きりで話したときとは別人のようだ。こうして向き合っていると、冷ややかな眼差しや刺々しい物言いは幻だったのではないかと思えてくる。

「柾木さんて、ほんまに市役所の人やったんですね。びっくりしました」

　いきなり話しかけられて、伸彦の方が驚いてしまった。こちらを見つめる順に悪意は感じられなかったので、かろうじて笑みを返す。

「びっくりて何で？」

「役所の人て、何となくオッサンなイメージがあったから」

「ああ。確かに年上の人が多いな」

　観光課だけでなく、どの課でもそうだ。伸彦が勤める役所の平均年齢は高い。

「公務員て安定しててええなあ。ラクそうやけど退屈そうで嫌や思てたけど、今回みたいにそうやない場合もあるみたいやし」

訝しく思っている間に、順はあっさり禄朗に向き直った。仲彦の返事はどうでもよかったらしい。

厭味か……？

「禄朗さん、明日なんですけど、こないだ言うてはった店に連れてってくれませんか？」

仲彦は思わず横にいる禄朗を振り仰いだ。

禄朗はこちらを向きはしなかった。が、穏やかに、しかしきっぱり答える。

「明日は無理やな。稽古あるし、バイトもあるし」

「そしたら明後日、日曜日は？」

日曜はデパートへ行く約束をしている。

何の店か知らんけど、まさか行くて言わんよな。

仲彦の心の声が聞こえたかのように、禄朗は迷う様子もなく答えた。

「日曜は予定が入ってるからあかん」

「えー、月曜は？」

「月曜は定休日」

「そしたら火曜」

順のねだる口調と上目遣いに、頬がひきつる。仲彦が禄朗と付き合っているとわかっていての物言いなのだ。あてつけているとしか思えない。

ひょっとしてこの子、禄朗のことが好きなんか……？

せやから俺に信用できんとか言うた？

初めてそのことに思い至り、伸彦は激しくうろたえた。改めて順を見つめると、彼の涼しげな双眸は、禄朗の方をまっすぐ向いていた。隣にいる伸彦は全く視界に入っていないようだ。

や、けど順君と禄朗て、四日前に居酒屋で初めて会うたんやろ？

禄朗はそう言っていた。以前から顔見知りだったわけではない。

たった四日で禄朗を好きになったとでもいうのか？　そんなことがありうるのか。

自問した伸彦は、冷や汗が背中に滲むのを感じた。

――ありうるのだ。事実、禄朗もごく短い期間で伸彦のことを好きになったのだから。

時間の長さなど関係ない。どういう関わりを持ったかが肝心なのだ。そのことは、禄朗を好きになってから知った。

「火曜は俺、午後からバイトあんねん」

あくまでも穏やかに応じる禄朗に、順は不満げに眉を寄せた。

「それやったらずっと連れてってもらえんやないですか。あ、そしたら柾木さんに連れてってもらおかな。柾木さんは夜に仕事てないですよね」

「伸彦さんは店のことは知らはらへん」

仲彦が言葉を発する前に、禄朗が間を置かず答える。すると順は、大仰に目を丸くした。

「そうなんですか？　一緒に行かはったことないんですか」

「ない。仲彦さんは、違うからな」

柔らかく言って、禄朗はテーブルの下の膝を仲彦の膝に寄せた。触れ合った場所から禄朗の温もりが伝わってきたけれど、狼狽と混乱は消えない。

違うて何が？　俺が行ったことない店て何の店？

固まってしまった仲彦に、順はニッコリ笑いかけた。

「ああ、そうですね。柾木さんは俺らと違いますもんね」

その笑顔はやはり『カワイイ』ものだった。


「仲彦さん」

禄朗の部屋に入った途端に、背後から抱きしめられた。言い様のない焦りと、地の底を這いつくばるような落ち込みに苛まれて無防備になっていた仲彦は、呆気なく長い腕の中に収まる。

「誤解してはると困るから、言いますね」

「誤解て、俺は別に……」

今更のように抗(あらが)いながら、伸彦は口ごもった。

中華料理店で食事をしているときに、店て何や、違うてどういうことやと禄朗につめ寄るのは憚(はばか)られた。人目があったし、何より順が一緒にいたからだ。しかし禄朗のアパートへ帰ってくるまでの間にも、尋ねることはできなかった。

恋人として付き合って、まだ二ヵ月。知り合ってから数えても三ヵ月ほどしか経っていない。伸彦が知らなくて、禄朗が知っている店があって当然だ。

それに、たとえ順が禄朗を好きだとしても、禄朗は違う。禄朗は順の誘いに乗らなかった。順に心を動かされているようにも見えなかった。それなのに変に問いつめたら、禄朗は怒るかもしれない。痛くもない腹を探られるのは、誰だって不快だ。疑(うたぐ)り深い上に嫉妬深いなんて、かわいくないと思われてしまう。

時間が経つにつれてそんな考えが湧いてきて、店のことも、違うと言われたことについても、聞くに聞けなくなってしまったのだ。

しかし気になるものは気になる。

せやかて禄朗は、初めて好きになった人やから。

それにたぶん、俺が好きになれるんは、禄朗が最後やから。

そんなことを思って黙ったままでいると、伸彦さん、と耳元でまた優しい声が呼んだ。

「誤解してはるて決めつけてすんません。誤解してはっても、してはらへんでもええんです。

俺が言いたいから言うだけやから、今から俺が言うこと聞いてほしいんです。聞いてもらえますか？」

真摯な口調で尋ねられ、仲彦は無言で頷いた。ありがとうございます、と禄朗は律儀に礼を言う。

「順君に言うた店てゆうのは、ゲイが集まる店のことです。知ってはるかわかりませんけど、順君もゲイなんですよ。俺もゲイやてわかって、連れてってほしいて言われたんです。それも二人きりで話したわけやない。サダさんもおるとこで話したんです。順君にゲイやて告白されたこと、ちゃんと話しといたらよかったのに、すんませんでした」

抱きしめてくる腕に力がこもる。幼子に言い聞かせるように、禄朗はゆっくり続けた。

「それから違うて言うたんは、仲彦さんが俺みたいに、ずっと前から自覚があったゲイやないてゆう意味です。それだけです」

上着越しに禄朗の体温がじわりと滲みてきて、仲彦は大きく深呼吸した。背中に密着した硬い体は、これ以上ないぐらい確かで温かい。

ほらな、やっぱり気にせんでよかったんや。

禄朗は潔白だ。何も心配することはない。

そう思ったものの、安心はできなかった。四日前、禄朗のバイト先の居酒屋で背中に手をあてられたときに感じた、苦しいような熱が胸に湧く。

今は心配することはなくても、これからのことはわからない。何しろ順は『カワイイ』のだ。

伸彦は無意識のうちに、前にまわった腕をぎゅっとつかんだ。

「禄朗」

「はい」

「順君て、カワイイよな」

「……そうですか？」

一瞬の間を置いて、背後で首を傾げる気配がする。間を開けられたことと、しれっとした物言いの両方に、伸彦はムッとした。

カワイイ思てんのやったら、カワイイて言うたらええやないか。

「カワイイやろ。キレイやし若いし」

「若いのは若いですけど、別にカワイイことないでしょう。伸彦さんのがずっとカワイイ」

「嘘つけ」

今は世辞など言われたくなかった。腹立たしいような泣きたいような気持ちになる。ごく小さな子供だった頃に、何度か似た気持ちになったことを覚えている。これはいわゆる、拗ねる、という感情だ。

……ほんまに、子供やないねんから。

己を戒めるために、伸彦は大きく息を吐いた。

「順君、おまえのこと好きなんや」

ぽつりと言うと、禄朗はまた一瞬、沈黙した。しかしすぐに否定する。

「違いますよ」

「違わんことないやろ」

「違います」

なぜか楽しげな物言いが気に障って、仲彦は思い切り顔をしかめた。禄朗はよくこうした言い方をするが、今は不謹慎に感じられる。

「何で違うてわかんねん」

仲彦の責める口調に怯むことなく、禄朗はやはり楽しそうに問い返してくる。

「仲彦さんこそ、何で順君が俺を好きやてわかるんですか」

「わかる」

「せやから何で？」

「わかるやろ」

ぶっきらぼうに答える。

次の瞬間、堪え切れない、という風にとうとう笑い出した禄朗に、仲彦は本気で腹が立ってきた。笑うなんて順に失礼だし、真剣に話している仲彦に対しても失礼だ。

「あの子、今日ずっとおまえのこと見てたやないか。それに俺に厭味言うし」

不機嫌を隠さず言うと、禄朗はまたクスクスと笑う。

「順君のあれは、俺のことが好きやからやないんですよ」

「せやから何でそんなことわかんねん」

わずかに声を荒げた直後、耳に柔らかくかみつかれた。不意打ちの刺激に、びく、と体が跳ね上がる。

「禄朗」

咎める意味を込めて呼ぶと、彼はまた小さく笑った。

「カワイイなあ、仲彦さん。たまらんなあ」

「はあ？ ちょっ、待っ」

背後から伸びてきた手によってシャツの裾をズボンから引き出され、仲彦は焦った。

今のやりとりのどこがカワイイねん。

やはりさっぱりわからない。

「仲彦さんが一番カワイイです」

囁いた唇が項に口づけてきた。禄朗の指はあっという間にアンダーシャツもズボンから引きずり出す。左手はシャツの中に潜り込み、右手はベルトをはずし始めた。

拒もうにも、禄朗の魔法のような巧みさの前では拒みきれない。

「や、アホ、禄朗、ごまかすな」

「ごまかしてません。ほんまに、順君は俺のことが好きなわけやないんです。好きやとしても俺は何とも思わへん。仲彦さんが好きやから。せやから安心してください」

ね、と甘い声を仲彦の耳に流し込みつつ、禄朗は下着の中に手を入れてきた。もう片方の手で胸の突起を挟み込み、弄り出す。

「あ、あっ……」

どこをどうすれば感じるかを把握している禄朗の動きに、自然と声が漏れる。

禄朗の部屋は角だ。隣は空き部屋である。だから声を気にすることはないのだが、仲彦は咄嗟に唇をかみしめた。

「んん……、あ」

が、それも束の間、禄朗の巧みな愛撫に促され、色めいた声があふれる。

薄暗い玄関で靴も脱がず、立ったまま愛撫されるのは初めてだ。瞬く間に高ぶる体を支えきれず、足が震え出した。無意識のうちに禄朗の手を止めようとして、肘が壁にぶつかる。

「いっ……、た」

痛みと快感が同時に襲いかかってきて、仲彦は身をよじった。

「大丈夫ですか？」

「ごまかすな、て」

「ごまかしてません。仲彦さんこそ、こっちに集中してください」

禄朗の手は休むことなく伸彦の劣情を愛撫し続けている。胸を弄る指先の動きも容赦がない。背が反り返り、腰が揺れた。カチャカチャとベルトの金具が鳴る。

下肢から漏れる耳を塞ぎたくなるような淫らな水音と、己の喘ぐ声、そして禄朗の熱い息遣いが余計に官能を煽った。ごまかされているのではないかという疑念が、強い快感に侵されて薄れてゆく。

「やっ……」

「カワイイです。ほんまに」

「う……、も、いく」

震える声で訴える。今にも膝が折れそうだ。

すると禄朗は、胸に悪戯をしかけていた手を伸彦の腰にまわした。筋肉質な腕がしっかりと体を固定する。

「支えてますから、大丈夫」

「けど、あぁ……!」

強烈な快感が下肢を直撃して、伸彦は掠れた声をあげた。頭の中が真っ白になる。何も考えられない。

全身から力が抜けてぐずぐずとその場に崩れ落ちそうになるのを、禄朗が止めてくれた。羞恥を感じる余裕もなく荒い息を吐いていると、そっと床に下ろされ、仰向けに寝かされる。

１Ｋの狭い間取りなので、そこはもうキッチンの前だ。起き上がる力もなく、ぐったりと床に横たわる。

「俺がこうやって見たなるんも、触りたなるんも、伸彦さんだけです」

情欲を滲ませた声で囁きながら、禄朗はずり落ちかけていた伸彦のズボンを、濡れた下着ごと引き下ろした。反射的に逃れようと上にずれた動きを利用され、脚から抜かれてしまう。ズボンと一緒に脱げた靴が床に落ち、鈍い音をたてた。

下半身だけが外気にさらされる感覚に、頬が燃えるように熱くなる。

「や……、ろくろ……」

涙で滲む目をこらしてみても、大きく開かれた足の間に陣取った禄朗の表情は、よく見えなかった。それなのに、視線だけははっきりと感じる。熱っぽい視線が、露になった下肢を這いまわる。

禄朗に、見られてる。

そう思っただけで体の芯が甘く痺れた。先ほど達したばかりだというのに、たちまち下肢に熱が凝りだす。止められない。暗くても、そこの変化は禄朗に伝わっているはずだ。

「み、見んな……」

咄嗟に隠そうとした手をつかまれる。

「見せてください」

「や」

「嫌なことないでしょう。ほら、仲彦さんのまた濡れてきてる。カワイイ」

艶(つや)やかな声が紡(つむ)いだ言葉に、前が敏感に反応した。一度絶頂を味わったそこは、いとも簡単に新たな滴(したた)りをあふれさせる。

言葉だけでこんなになるなんて。

思わずぎゅっときつく目を閉じると、禄朗が満足げに笑った気配がした。

「仲彦さんがこんなに感じるん、俺だけですよね？」

言うなり、禄朗は形を変えつつあった仲彦の劣情に舌を這わせた。そのままためらう様子もなく、ゆっくり口に含む。

「あぁ、あ」

言い様のない快感に支配され、仲彦はなす術(すべ)もなく喘いだ。わずかに残っていた理性が瞬(また)く間に食い尽くされる。

そうだ。こんなに感じるのは禄朗が初めてだ。そしてたぶん、禄朗で最後だ。

けど、禄朗は違う。

彼は過去に好きになった人にも、優しく好きだと言ってきたのだろうし、こうして情熱的に抱いてきたのだろう。今は仲彦が一番好きかもしれないが、これからもそうとは限らない。

仲彦以外の誰かをカワイイと思って好きになれば、その誰かにも、好きだと何度も告げるのだ。

「う……、んん」

無意識のうちに手の甲をかんでいると、立てていた膝の裏を強い力でつかまれた。腰が浮くと同時に、躊躇することなく後ろに指が差し込まれる。

「あっ！　あ」

口から手が離れ、掠れた声が漏れた。快楽で弛緩していた体が強張る。が、すぐに感じる場所を探られて背が弓なりに反り返った。また色めいた声をあげてしまう。

禄朗は無言だ。聞こえてくるのは、耐えがたいほど淫らな水音のみである。

「ろく……、禄朗、やぁ」

すぎる快感に耐え切れず、伸彦は首を横に振った。禄朗の髪をつかんで限界を訴えようとしたものの、震える指先はかき乱すだけに終わってしまう。

顎が上がり、硬い床に後頭が押しつけられた。たくし上がったシャツから覗く腹や、大きく開かされた腿が引きつる。もはや己の格好の淫らさを恥じる理性すらない。

「も、あか、あか……！」

内壁を強く抉られて、伸彦は悲鳴に近い嬌声をあげた。堪える間もなく熱が弾ける。

全身が波打った。いつのまにか三本に増えていた指を飲み込んだその場所も、激しい収縮をくり返す。それでも禄朗は口を離そうとはしない。最後の最後まで執拗に吸われ、舐めとられる感触に、伸彦は嗚咽した。

目じりからこめかみをつたった涙は、快楽や歓喜からくる涙とは違うような気がした。


翌日は生憎の曇り空だった。気温も低く、吐く息が白い。

出欠表に時刻を書き込みつつ、伸彦はため息を落とした。土曜日とあって、室内はガランとしている。役所全体が静かなせいか、ペンを走らせる音がやけに大きく聞こえた。

寝不足の上に、全身がだるくて重い。役所まで自転車を漕ぐことすら億劫だった。

昨夜、キッチンの前で達した後、改めて衣服を脱ぎ、また肌を重ねた。伸彦の方からしたいとせがんだのだ。心が埋まらない分、無意識のうちに体の熱を欲してしまったらしい。最後は禄朗に触られただけでなく、伸彦も彼に触れた。

三回目は、さすがに引かれたかも……。

手の甲にわずかに残った赤い噛み痕が目について、自然とため息が漏れた。伸彦の望むままに付き合ってくれたけれど、禄朗が心でどう思っていたかまではわからない。禄朗にカワイイと思われたいのに、その逆の行動ばかりしてしまっているような気がする。

それに禄朗、順君が禄朗のこと好きやていうの、最後まで認めんかったし。

緑朗のことが好きでないのなら、緑朗に対する甘えた物言いや伸彦への悪意の説明がつかない。あんなにあからさまなのに、気付かないなんてどうかしている。

緑朗は当たりが柔らかいから、順が変に誤解して期待してしまうかもしれない。それでも緑朗が揺れなければいいのだが、彼は他愛ない理由で人を好きになる、惚れっぽい男なのだ。

結局、そこにたどり着くんやな……。

いい加減、堂々巡りの様相を呈してきた己の思考が嫌になる。

今朝、目覚まし時計の音で目をさますと、隣に寝ていたはずの緑朗はいなかった。早朝のバイトへ行ったらしい。たまらない寂しさを感じながら起こした体は、だるかったけれどさっぱりしていた。眠っている間に緑朗が清めてくれたようだった。緑朗の部屋に風呂はないが、事後、彼はいつも固く絞ったタオルで体を拭いてくれる。

バイトに行きます。ご飯と味噌汁と納豆、食べてってくださいね。気を付けていってらっしゃい。また連絡します。

そう書かれたメモと着替えが枕元に置いてあった。卓袱台の上には伏せられた茶碗と、卵焼きが載った皿が並んでいた。

緑朗には、目一杯甘やかされていると思う。

それなのに、どうしても不安を拭えない。

再びため息を落とすと、背後から同じようにため息の音が聞こえてきた。慌てて振り向いた先にいたのは課長だった。

「あ、おはようございます」

「おはよう」

応じた課長の声は、伸彦のそれに負けず劣らず覇気がなかった。どっこらせ、と大儀そうに腰を下ろす。ここ数日、彼はずっとこの調子だ。

「課長、今日当番でしたっけ？」

土日は当番の職員が出勤することになっているが、今日は課長の当番ではなかったはずだ。

「や、来週やけど今日と代わってもろたんや。うちにおるとロクなことないさかい」

力なく笑った課長に、伸彦は眉を寄せた。

「甥っこさん、まだ離婚するて言うてはるんですか？」

「そうやねん。しかも今度は相手の女まで出てきよって……」

伸彦は思わず、わあ、と小さく声をあげた。それは相当な修羅場だ。

「大変ですね」

「まあな。嫁さんがしっかりしてるんだけが救いや。最初は泣いたりしてたけど、今は一番落ち着いてるわ。そういう人やてわかってて結婚したんやから、しばらく様子みるて言うてる」

課長の言葉に、へえ、と頷く。

俺も最初から、禄朗が惚れっぽいて知ってた。そういう奴やて、わかってたつもりでいた。

——けど、ほんまにはわかってへんかったかもしれん。

生まれて初めて人を好きになれた。そのことに驚き、戸惑い、そして浮かれ、夢中になって、肝心の禄朗が見えていなかった気がする。

それに、禄朗が惚れっぽいことを気に病むなんて勝手だ。彼が惚れっぽい男だったからこそ、たった一度会っただけの自分を好きになってくれたのだ。俺にはすぐ惚れてもええけど、他の人に惚れるんはあかんなんて、むしがよすぎる。

「柾木君も、結婚相手選ぶときは慎重にな」

顔を合わせれば結婚しろ結婚しろと言っていた課長とは思えない言葉に、伸彦は苦笑した。曖昧に頷いて課長席から離れ、自分のデスクに腰を下ろしつつ、慎重もへったくれもない、と思う。好きになってしまったら、それで決まりだ。選ぶことなんてできない。恋に落ちたその瞬間から、己の自由意志は働かないのだ。

以前にも感じた、苦しさに似た熱が胸に湧いて唇をかみしめたそのとき、上着のポケットに入れていた携帯電話が鳴った。このメロディは、仕事関係の人物からかかってきたときに鳴る音楽だ。

緩慢な仕種で取り出した携帯の待ち受けに出ていた名前は、定家薫だった。

伸彦は瞬きをした。『カラサちゃんとおともだち』の仕上がりは完璧だった。芝居の後に行われるクイズの進行も、打ち合わせ済みである。今更話し合わなければならない事柄はないはずだ。

何かあったんやろか。

伸彦は慌てて通話ボタンを押した。

「もしもし」

『あ、柾木さんですか？』

定家の明るい声が耳に届く。

「はい、柾木です」

『どうもどうも、定家です。お忙しいとこすんません』

「いえ、それは全然かまいませんけど、何かありましたか？」

早口で尋ねると、いやいや、と彼はすぐに否定した。

『仕事のことでお電話したんやないんです。柾木さんにお話ししたいことがあって』

「俺にですか？」

ほっとしつつも、伸彦は頓狂(とんきょう)な声をあげてしまった。仕事の関わりを除けば、定家と自分に接点はない。五日前に居酒屋で会ったときも、彼に二人目の子供が生まれること以外はイベントの話しかしなかった。

『ええ。二人で話したいんですけど、今お勤(つと)めに出てはるんですよね』

「あ、はい。そうです」

『あがりは定時ですか？』

「ええ、たぶん。何もなければ」

勢いに押されて答えると、定家は間を置かずに言った。

『そしたら今日仕事が終わってから飯でもどうですか？　僕がそっちに行きますんで』

はあ、と仲彦は間の抜けた返事をした。会うのはかまわないけれど、電話では話せないようなことなのだろうか。

仲彦があやふやな応えをしたせいだろう、携帯の向こうで定家が、あ、と声をあげる。

『ひょっとして予定ありました？』

「いえ、あの、ないですけど……、順君は？」

知らず知らずのうちに、警戒したような物言いになってしまう。

『順は今日、大学行ってるんですよ。飲んでくる言うてましたから、帰ってくんのは夜中になるんとちゃうかな。あ、禄朗にはちゃんと柾木さんと二人で会うて報告しときましたんで、禄朗のことは気にせんでも大丈夫ですよ』

「はあ……」

今まで確認されたことはなかったが、定家はやはり仲彦が禄朗と付き合っていることを知っていたようだ。禄朗が話したのだろう。

しかし、禄朗に断りをいれてまで話したい内容とは何だろう。

不思議に思っていると、定家は歯切れの良い口調で続けた。

『そしたら今日、五時半に表の門のとこで待ってますね』

「え、あの」

ちょっと、と呼びかけたときには、既に通話は切れていた。相変わらずマイペースな男だ。

首を傾げたまま携帯を折りたたむ。

定家さんが俺に何の用やろ……。

彼との接点は、カラサちゃん祭。禄朗。

それからもうひとつ。

「あ」

仲彦は小さく声をあげた。——順だ。

順とは二度、食事を共にしている。しかも順は禄朗に好意を持っている。そして彼は、定家の甥だ。

順君に関する話て、何やろ。

正直、聞くのが怖かった。

役所を出ると、朝方曇っていた空は晴れていた。風は冷たいが、茜色に染まった夕空は美しい。明日はきっと晴れるだろう。

明日は絶対、禄朗がほしいもん見つけんと。

どうすればカワイイと思ってもらえるかわからない以上、物をあげるぐらいしか、伸彦にできることはない。

何か俺、ホステスに貢ぐオッサンみたいな思考になってる……。

自己嫌悪を覚えつつ定家と待ち合わせをした正門へ向かう。足取りが重いのは、定家が順の何を話したいのかがわからないからだ。定家のことだ、無茶は言わないと思うけれど、親戚がらみとなれば話は別かもしれない。

ぱらぱらと人が出入りしている門の脇に、長身の男が立っていた。ジーンズに薄手のコートというラフな格好だ。こちらに気付いたらしく、ペコリと頭を下げる。

「すんません、お待たせしましたか？」

駆け寄って頭を下げると、彼は笑顔で首を横に振った。見た感じでは深刻な様子はない。

「僕も今来たとこです。お忙しいのに、急にお呼びたてしてすんません」

「いえ、それはかまいませんけど……」

謝られて、伸彦は口ごもった。反対に、定家ははきはきと言う。

「そこに車停めてありますんで、どうぞ」

すぐ横の駐車場に、定家の車が停めてあった。ワゴンタイプの軽自動車だ。彼の自宅兼事務所へ行ったとき、何度か見かけたことがある。

促されて助手席に乗り込むと、ダッシュボードに置かれた熊のぬいぐるみが目についた。きっと彼の娘のものだろう。

「赤ちゃん、順調ですか？」

シートベルトを締めながら尋ねる。同じくシートベルトを締め、定家は頷いた。

「おかげさんで」

「そうですか。よかった」

思わず笑顔になると、定家はなぜか眉を上げた。かと思うと小さく笑う。

「？　何ですか？」

「や、禄朗が柾木さんに入れ込む理由がわかった気がして」

え！　と仲彦は大きな声をあげてしまった。仲彦本人がいくら考えてもわからなかったことを、定家は簡単に理解したらしい。傍目八目とはこのことだ。

「入れ込むてほんまですか。どこに入れ込んでるんですか。何でわかったんですか」

矢継ぎ早やに質問をくり出すと、定家はおかしそうに笑った。車を発進させながら、ちらりとこちらを見遣る。

「えらい食いつきますねえ」

「や、あの……、すんません。自分では、ようわからへんから……」

もごもごと言い訳をする。定家が禄朗との関係を知っているからといって、気を許しすぎだ。素の自分が出てしまったのは、定家が十歳近く年上ということもあるが、彼が持つ『長』の雰囲気のせいもあるだろう。

この人もてるやろな、と仲彦はふと思った。男から見ても、彼は頼りがいがある。

「わからへんのやったらわからへんままでええんとちゃいますか？　禄朗はたぶん、わからへん柾木さんが好きなんですよ」

定家は笑いながら言う。おもしろがられている気配を感じながらも、仲彦は眉を寄せた。

「それは困ります。わからへんことで愛想尽かされんとも限りませんから」

「付き合うてまだちょっとやのに、もうそんなこと考えてはるんですか」

「……考えます」

俺、普通やないし。

その言葉は、喉の奥で留まった。

それに禄朗は、俺と違て簡単に人を好きになるし。

「考えはるんは順のせいですか？」

唐突に尋ねられて、仲彦は瞬きをした。運転席にいる定家は前を向いたままだ。

「順が禄朗にちょっかいかけてんのは知ってます。そのとばっちりゆうかで、柾木さんにもご迷惑かけたんでしょう。不愉快な思いさしてすんません」

「や、別に不愉快とか、そんな」

伸彦は口ごもった。やはり順は禄朗のことが好きなのだ。わざわざ謝るということは、定家の目にもそう見えているのだろう。

刹那、針を飲んだかのように胸が痛んだ。息が苦しくなる。

「注意はしたんですけど、相手ももう二十歳近い大人やから言うてもきかんくて。勘弁したってください」

真摯な声音だった。どうやら定家は、順のことで謝りたかったらしい。彼が話したかったのはこれだったのだ。

「俺が考えてまうんは、順君のせいやないです。考えるんは、俺の問題で……」

伸彦はぽつりぽつりと答えた。本当のことだ。あれこれ考えて不安になるのは順のせいではないし、ましてや禄朗のせいでもない。

禄朗が順に惹かれるかもしれないという疑念を払えない己が悪いのだ。恋愛の経験がないから、どう乗り切ればいいかわからない。自分でも自分を厄介だと思う。

「それでも、あいつの行動は目に余る」

ほんまにすんません、と謝った定家は、低い声で続けた。

「僕がどうにかしてやれたらええんですけど、どうにもしてやれへんのですわ。かというて放っとくこともできん」

仲彦は思わず定家を見つめた。

彼の横顔は、思いの外真剣だった。本気で順を心配していることが見てとれる。

「定家さんは、順君と仲がええんですね」

シートに背を預けて言うと、定家はなぜか一瞬、沈黙した。が、すぐに懐かしげな目をして口を開く。

「生まれたときから知ってますからね。初めてしゃべったんも、歩いたんも知ってるし。甥てゆうより、年の離れた弟みたいなもんです」

「そういうの、ええですね。俺は下は妹しかおらんから、弟がおったらええなあて思いました」

「下は、てことは上もいてはるんですか」

「ええ、兄が。三人兄弟です」

「僕も三人です。男ばっかやったから、妹がおる奴が羨ましかったなあ」

笑って言った定家が、柾木さん、と改まって呼ぶ。仲彦は窓に向けていた視線を定家に戻した。ちょうど赤信号で停まっていたこともあり、彼もこちらを向く。

「禄朗は順になびいたりしません。惚れっぽいかもしれんけどええ加減な奴やない。信じたってください」

真面目な顔で言われて、仲彦は瞬きをした。ひょっとしたら定家は、このことも言いたかったのかもしれない。

信じる。――定家の口から発されたその言葉は、まるで初めて聞いたような鮮烈な響きをもって仲彦の耳に届いた。

そうだ。疑念を振り払うには、好きだと言ってくれる禄朗を信じればいい。わかっている。

わかっては、いるんやけど……。

それができないから、困るのだ。

信号が青になった。仲彦が口を開かないまま、車は発進する。定家も何も言わず、黙ってハンドルを握（にぎ）っている。

信じるより疑う方が簡単なのだと、仲彦は今更ながら気付いた。疑うことはある意味、己を防御（ぼうぎょ）することと同じだ。裏切られることを前提にしていれば、実際に裏切られたとしても、受けるダメージは少ない。しかし信じてしまったら、裏切られたときのダメージは計り知れない。

信じるということは、傷つくことを恐れずに、相手に自分を預けることなのだ。全てを預けるには、たとえ恋人でも、いや、恋人だからこそ勇気がいる。

誰にも、一度も自分を預けた経験がない仲彦には想像もつかないほどの、大きな勇気が。

定家が連れて行ってくれたのは、家庭的な雰囲気の洋食レストランだった。時折家族で訪れるという。看板メニューのハンバーグは、コクのあるデミグラスソースがたっぷりかかっていて実に旨かった。

レストランに着いた後、定家は順のことも禄朗のことも話さなかった。今まで通り、劇団のことやイベントのことを話しただけだ。どうやら車の中で話した内容が、定家の用件の全てだったらしい。

「ごちそうさまでした」

運転席の定家に改めて礼を言うと、いえいえ、と彼は明るく応じた。

「こっちこそ、付き合うてもろてすんませんでした」

車は禄朗のアパートに向かっている。伸彦がそこへ行ってくれと頼んだ。今日は早朝と昼間のバイトしないと言っていたから、うちにいるはずだ。

禄朗を信じられるかどうか、まだわからない。ただ、とにかく会いたかった。会って顔が見たい。声が聞きたい。今までにもこんな風に思ったことは何度もあるけれど、今日の思いはかつてないほど切実だった。

ふいに携帯電話が鳴る。禄朗からのメールの着信を知らせる音楽だ。すんません、と定家に断ってから、慌てて携帯電話を取り出す。

件名は、明日。

お仕事お疲れさまです。明日、バイトが終わったら仲彦さんちに行きます。そこから一緒にデパート行きましょう。凄(すご)く楽しみです。明日は晴れるみたいですよ。仲彦さんと俺の日頃の行いがええからですね。

読み終えた仲彦は、思わず微笑(ほほえ)んだ。じんと胸が熱くなる。待ち合わせの時間や場所は会って決めようと思っていたのだが、先まわりされてしまった。

禄朗が好きや、と改めて実感する。めちゃめちゃ好きや。

「あれ」

定家が小さく声をあげたので、仲彦は携帯から目を離した。

車は禄朗が住む古い木造アパートの、すぐ近くを走っていた。日はすっかり暮れており、街灯が道路に淡い光を投げかけている。

「どうかしはったんですか？」

「や、ちょっと。見間違いかな」

首を傾げた定家は、アパートの手前に車を停めた。

「送ってもろてすんませんでした」

シートベルトをはずしつつ言うと、なぜか定家はエンジンを切り、キーを抜いた。彼もシートベルトをはずす。

「禄朗に用事ですか？」

「や、そういうわけやないんですけど、ちょっと。行きましょう」

早い口調で言って、定家は車を降りた。仲彦も慌てて彼に続く。たちまち冷たい風が頬を撫でた。

禄朗の部屋は一階の一番奥だ。ドアが開いている。が、そのドアが邪魔になって、こちらからは扉の向こうの様子はわからない。なぜか早足になった定家につられて、ドアに駆け寄る。

次の瞬間、仲彦は棒立ちになった。

そこには、順に抱きつかれた禄朗がいたのだ。

仲彦と定家を見て、あ、と禄朗が声をあげる。順が振り向く。それらのほんの一瞬の出来事が、まるでスローモーションのように、ゆっくり、はっきり視界に映り込んだ。

声が出ない。指先一本が動かせない。ただ目を見開くことしかできない。

一番に行動を起こしたのは定家だった。ものも言わずに順の肩をつかみ、禄朗から力まかせに引っ剥がす。そして無言のまま、順の頬を平手で打った。

パン、と鋭い音がする。あ、と今度は仲彦が声をあげてしまった。

「ええ加減にせえ」

低い声で怒鳴った叔父を、順は見上げた。打たれた頬を押さえることもせず、まっすぐにらみつける。

「……何でかおちゃんに叩かれなあかんねん。俺が誰と恋愛しようが自由やろ」

「恋愛ちゃうやろ。おまえは禄朗が好きやない。禄朗もおまえのこと好きやないんやから」

「禄朗さん、好きて言うてくれたもん」

「順」

「キスもしたし、セックスも」

「順！」

きつい語調で呼んだ定家に、順はカッとなったようだった。

「何で俺ではあかんのや。何で俺だけ嫌われなあかんねん！」

「誰も嫌(きろ)てへんやろ」

「嫌てるやんか！　禄朗さんかて全然相手にしてくれんし、かおちゃんかて……！」

端整な顔が一瞬、歪(ゆが)んだ。かと思うと、定家を突き飛ばすようにして駆け出す。

「すまん、禄朗。すんません、柾木さん」

早口で謝った定家も、順を追って駆け出した。

後には、禄朗と伸彦が残される。

「伸彦さん」

呼ばれて、定家と順が去った方を茫然と見ていた伸彦は、ぎこちなく禄朗に向き直った。

眦(まなじり)の下がった優しげな双眸(そうぼう)と相反する精悍(せいかん)な輪郭(りんかく)。柔(じゅう)と剛(ごう)が混在した、アンバランスな容姿(ようし)。

目に飛び込んできたそれらが、ぐにゃりとふいに歪んだ。刹那、止める間もなく涙がこぼれ落ちる。

「仲彦さん」

珍しく慌てたように呼んだ禄朗に、腕を強く引かれた。パタンと背後でドアが閉まる。

広い胸に引き寄せられるその間も、涙は止まらない。

「今のはほんまに、何でもないんです。順君が急に抱きついてきただけで。ほんまです。それにあの子はもともと俺が好きなわけやない。他に好きな人がおって悩んでるんです。それに巻き込まれただけで」

矢継ぎ早やに言葉を紡ぐ禄朗に、仲彦は首を横に振った。彼の服をぎゅっとつかみ、更に頭を振る。

「違う……」

「違うて」

「ちゃうねん……」

順が禄朗に抱きついていたことも確かにショックだった。

しかし今、流れ続ける涙は、それだけが原因ではない。

「俺は、こんな年やのに、人好きになるん初めてやし……。今も、こんなんなってるし……。おまえから見たら、おかしいとこいっぱいある思う……。俺は、これからも、おまえ以外の誰も……、好きになれんと思うねん」

子供のように嗚咽しながらそこまで言って、伸彦はこくりと息を飲み込んだ。まだ涙は止まらない。胸が苦しかった。苦しくて熱い。

最前から時折生じていたその苦しい熱は、禄朗に対するたまらない愛しさだったのだと、今頃気付く。恋ではなく、愛から生まれたものだったのだ。

「せやから、おまえには、ずっと好きでいてもらいたいけど、どないしてええかわからん……。おまえはカワイイて、言うてくれるけど、どこがカワイイんかわからんし……。喜んでもらいたいけど、それも、どないしてええか、ようわからんし……」

ここ数日、胸に渦巻いていた様々な思いが、順序も理屈も関係なく次々と口をついて出てくる。支離滅裂だと自分でもわかっていた。思考そのものがまとまっていないのに、うまく言葉にできるわけがない。

ひとつだけはっきりしているのは、二ヵ月前の比ではなく禄朗を深く好きになっていること。

——愛していること。それだけだ。

「おまえを、信じたいけど、俺にはその勇気がない。おまえのこと、めちゃめちゃ好きやのに、ないねん。……怖いねん。けど好きやから……。ずるいてわかってるけど、俺のこと、好きでおってほしい。これからもずっと、好きになるん……、俺だけにしてほしいねん。俺を、一人にせんといてくれ」

遮ることなく聞いていてくれた禄朗の唇が、目許に押し当てられた。あふれる涙を優しく吸い取ってくれる。

「仲彦さんが心配することありません。俺はこれからも、仲彦さんだけが好きです。もともとそう思てましたけど、今、改めて確信しました」

「今……？」

「はい、今。仲彦さんが言うてくれはったこと聞いて確信したんです。仲彦さん以上にカワイイ人はおらん」

甘い声で言い切った唇が、そっと唇に触れる。涙の味がするキスは優しくて情熱的だったけれど、仲彦は頭を振った。

「カワイイことなんか」

「そうやって否定しはるとこもカワイイ。仲彦さんは、そのままでカワイイんですよ」

また首を横に振ろうとすると、強引に唇を奪われた。愛撫してくる柔らかなそれの、飢えた獣のような動きに、無意識のうちに応えてしまう。

わずかに離れた唇が、仲彦さん、と掠れた声で呼んだ。

「さっき順君が言うてた好きとかキスとか、全部嘘です。後で全然相手にしてくれんて言うてたでしょう？　あれがほんまです。俺が好きなんは仲彦さんだけや」

かき口説くような口調で、禄朗は続けた。

「けど俺のこと、無理に信じてくれはれんでええです。疑うてくれはってかまいません。仲彦さんが疑う度に、俺がその必要はないて証明してみせますから」

ね、と囁いて、禄朗は伸彦を強く抱きしめた。長い腕が背中と腰にまわる。

「好きです、伸彦さん。大好きです。愛してます」

体を通して直接伝わってきた言葉が、髪の毛の先にまで浸透する。体の隅々まで、余すことなく禄朗の言葉に侵されるその感覚は、セックス以上の快感だった。

言い様のない激情が胸からせりあがってきて、全身が震える。伸彦は夢中で禄朗にしがみついた。

「禄朗……、禄朗、禄朗」

「はい」

「好きや」

「俺も好きです」

「好き」

「俺も、伸彦さんが好きです」

律儀に応えてくれる禄朗に、好きやと尚もくり返すと、伸彦さん、と艶やかな声で呼ばれた。

「伸彦さんに、めちゃめちゃ触りたい。俺には伸彦さんだけやてわかってもらえるように、抱きたい。かわいがりたい」

ん、と欠片の迷いもなく頷く。伸彦も禄朗に触ってほしかった。彼にかわいがられたい。

「今日は、入れてもええですか?」

「いれる……?」

意味がわからなくて鸚鵡返すと、禄朗は耳元で囁いた。

「いつも指入れる場所に、俺の入れたいんです。伸彦さんの中に入りたい。入れてええですか?」

滴るような情欲が滲んだ声を吹き込まれ、じんと体の芯が痺れた。禄朗の言葉だけで既に熱をもっていた体が、彼の長い指によって与えられる強烈な快感を思い出し、更に温度を上げる。

抱き合っているだけなのに、どうしようもなく高ぶってくる。

伸彦はきつく目を閉じ、喘いだ。立っているのがやっとだ。

「おまえの、したいようにしてくれ。おまえの、したいように、されたい」

切れ切れに言った唇を塞がれた。

今度のキスも、貪るような激しいキスだった。


昨日も体を重ねた狭い部屋で、伸彦は全裸で横たわっていた。周囲に散らばる衣服は、自ら脱ぎ捨てたものもあれば、禄朗に脱がされたものもある。

禄朗もまた全裸だった。触れる場所、触れる場所が素肌で、常になく高い互いの体温がダイレクトに伝わってくる。

「ん……」

下肢から聞こえてくる水音のあまりの淫らさに、仲彦は緩く首を横に振った。

大きく開かれた脚の中心で濡れ、反り返った前を、禄朗の右手が休むことなく愛撫している。左手は仲彦の膝の裏をつかみ、畳につくぐらいに押し上げていた。もう片方の膝も、自然と浮き上がっている。

つい先ほどまで指を入れられていた場所には、禄朗の舌が出入りしていた。汚いから、と拒絶した仲彦を快楽で蕩かし、禄朗の唇は難なくその場所を占拠したのだ。

恥ずかしいと感じたのははじめだけだった。体はすぐに快感を覚え始め、あっという間に羞恥は消し飛んだ。

「あ、んっ……」

初めての感触に耐えかねて、仲彦はシーツに爪をたてた。その場所が意志とは関係なく蠢いているのがわかる。

こんな気持ちええて、俺の体、どないなってんのや。

指でかき乱されるのとは異なり、柔らかだけれど確かな存在感があるその感触は、えも言われぬ快感をもたらす。

「ろく……、ろくろ……」

ん、という返事はくぐもって聞こえた。

「も、出る、出る、から」

無意識のうちに腰を揺すると、前を愛撫していた指に強い刺激を与えられた。一度禄朗の手で絶頂に導（みちび）かれた後なので、我慢できずに達してしまう。

「あっ……！」

腹や胸に、淫水が飛び散った。顎（あご）が上がり、宙に浮いた足指の先が跳ねる。

その拍子に、後ろに差し込まれていた舌は一瞬離れた。が、すぐに濡れた感触で舐（な）め上（あ）げられる。

「あぁ、あ」

やむことのない愛撫に力を抜くこともできず、伸彦は身悶（みもだ）えた。酸素を欲して開きっぱなしになっている唇からは、色めいた声が絶えずあふれ続ける。声を止めようという理性は、もはや欠片も働かなかった。

「気持ちええ？」

艶やかな問いかけと共に熱い吐息が下肢にかかり、また声をあげてしまう。どこもかしこも感じてしまって、自分の体がどうなっているのかすらわからない。

「だいぶ、柔らかぁなりましたね。二ヵ月かけた甲斐（かい）があったなあ。これで伸彦さんのこと、めちゃめちゃ気持ちようしてあげられる」

ひどく嬉しそうな物言いに、仲彦は折りたたまれたような体勢のまま、ぼんやりと禄朗を見上げた。涙で滲んだ視界に、やはり嬉しそうな禄朗の笑みが映る。

「気持ち、よう……？」

喘ぎながら尋ねると、禄朗は目を細めて頷いた。

「ええ。前に、カラアゲは最後にとっとくて言うたでしょう。弁当に入ってたら、最後までとっとくんです。好きやから。そんで後で時間かけて、じっくり味わう」

言うなり、禄朗は仲彦の震える内腿に口づけ、吸いついた。敏感な場所への刺激に甘い声をあげると、禄朗がクス、と笑う。

「言わはることも、やらはることもカワイイのに、体はエロい。めちゃめちゃそそります」

「アホ、何、言うて」

低く響く声に、性懲りもなくまた、ひく、と前が反応した。失った刺激を求めるように、後ろも収縮をくり返す。一度は消えた羞恥が再び甦ってきて、仲彦は身をよじった。昨日もしたし、今日も既に二度達しているのに、体の欲は少しも衰えない。

恥ずかしくて身じろぎすると、禄朗が小さく笑う気配がした。刹那、濡れて震えている劣情に指を這わせてくる。仲彦はまた、あ、と声をあげてしまった。

「仲彦さんが好きになるん、俺が最初で最後で、よかったです。俺以外の誰かがこの体触るて、考えただけで気ぃ狂いそうや」

緑朗らしいゆったりした口調で紡がれた、緑朗らしからぬ激しい言葉に、仲彦は息を乱した。

嬉しい思うだけで感じるて……。

もう何をされても感じてしまう証拠だ。

「ん、緑朗……」

「入れてもええですか？」

今度は緑朗らしい優しい問いかけだった。が、その声は情欲をたっぷり含み、獰猛さすら感じられる。我知らず腰をくねらせると、指と舌で充分蕩かされていた場所に、ひたと熱く濡れたものが押し当てられた。

それが緑朗の熱だと頭が理解する前に、先端が付近をたどる。己の体液で既に濡れていた場所が、新たな滴りで更に潤う。淫靡な感触に耐えかねて、仲彦は頭を振った。

「早よ……」

何度もこの手で愛撫し、絶頂に導いてきた緑朗のものが触れている様を想像しただけで、また前から欲の証が滴り落ちる。

もどかしい。早く入れてほしい。

「入れてほしい？」

こくこくと言葉もなく頷くと、膝裏をつかんでいた緑朗の指に力がこもった。次の瞬間、緑朗の熱が内側へ押し入ってくる。

「いっ……！」

想像していた以上の熱さと大きさに、伸彦は長く甘い悲鳴をあげた。灼熱の塊は少しも支えることなく、スムーズに奥まで入ってくる。

限界まで開かれ、押し込まれる感じがひどく苦しかった。息がひきつる。熱くて痛くてたまらない。けれど、その何倍も気持ちがいい。

「はっ……、は、あ」

もっと気持ちよくしてほしくて、伸彦は夢中で禄朗の首筋にしがみついた。より結合が深くなり、く、と禄朗が喉を鳴らす。

彼のかつてないほど熱く荒い息が耳をかすめ、伸彦は身も世もなく喘いだ。禄朗が欲情している。紛れもないその事実が体内を通して直接伝わってきて、歓喜と快感が同時に湧く。知らず知らずのうちに禄朗の広い背をまさぐっていると、伸彦さん、と恍惚とした声で呼ばれた。

「全部、入りました……」

言われるまでもなく、動きが止まった時点でわかっていた。かなり深いところまで禄朗を感じる。つながった部分が焼けるように熱い。

「熱、熱い……、禄朗……、熱い」

「俺も、熱いです……」

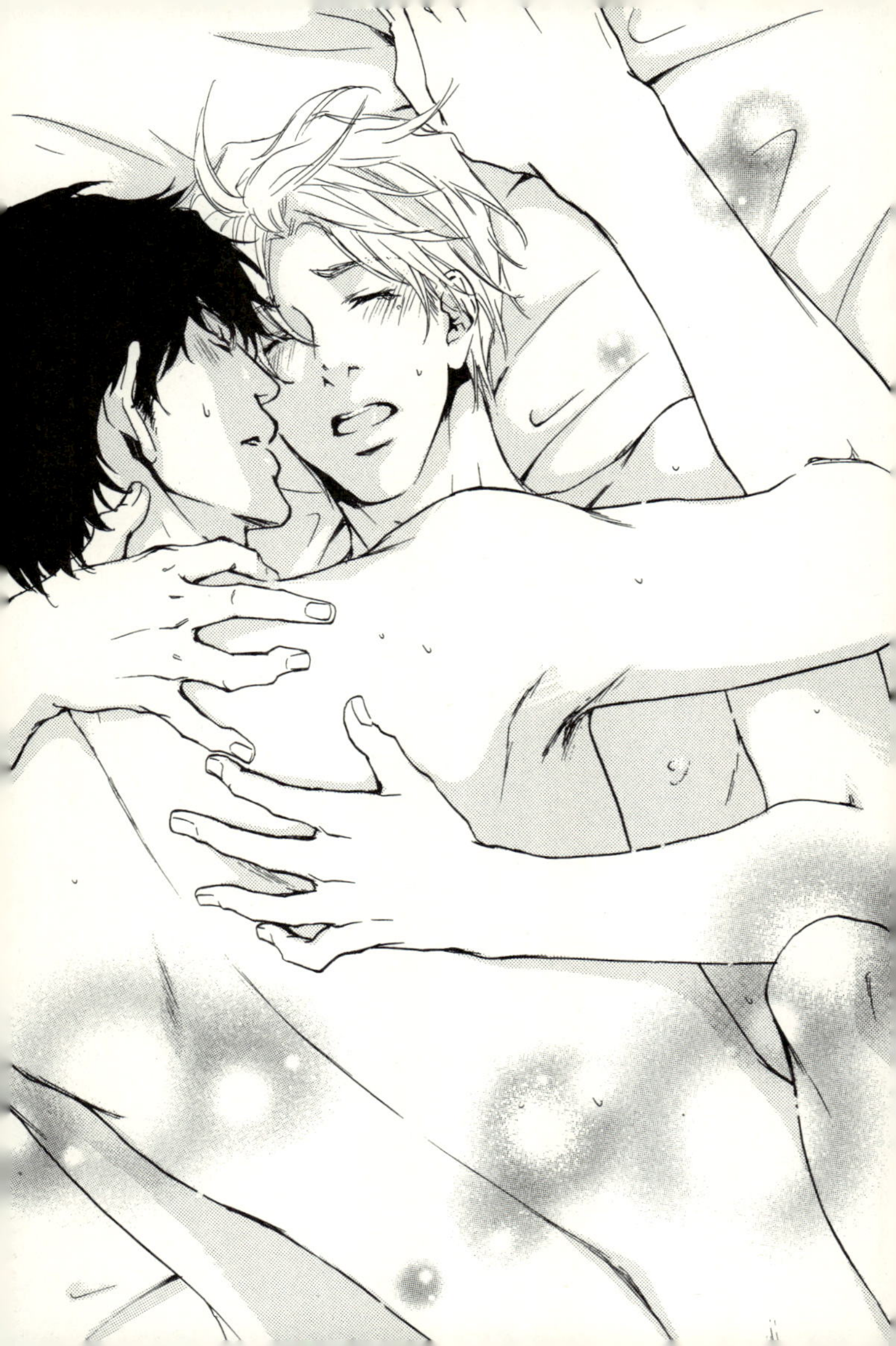

掠れた声で応じた禄朗は、は、と荒い息を吐いた。そして今度は仲彦に向かってではなく、思わず、という風に低くつぶやく。

「やばい……、よすぎ……」

耐えかねたように発せられた言葉に、仲彦は我知らず微笑んだ。きつくしがみついていた腕を緩め、禄朗の顔を覗き込む。

彼の眉間（みけん）には、滅多（めった）に寄ることがない皺（しわ）があった。いつもは穏やかな色を湛（たた）えている双眸（そうぼう）は、燃え盛る激しい情欲を映して濡れている。薄く開いた唇から漏れる息は荒い。その呼気（こき）と連動するように、内部を占拠した禄朗の熱が脈打つ。

禄朗が快感に支配されていることがわかって、仲彦はひどく嬉しくなった。衝動的に彼の唇をついばむ。一度では足りず、二度、三度とキスをする。禄朗も二度、三度と応じてくれる。

「な……、気持ちええ……？」

わずかに離れた唇で尋ねる。

「はい……。ちょっと、ありえへんぐらい……」

心底困った、と言いたげに眉を寄せて笑った禄朗を、仲彦は陶然（とうぜん）と見上げた。

「俺も、気持ちええ……」

「ほんまに……？」

「ほんま……」

内部が勝手に蠢いて、禄朗の熱をもどかしく愛撫しているのがわかる。前も限界近くまで高ぶり、己の腹に欲の証を滴らせていた。今は触れられていない胸の尖りや内腿といった感じやすい場所までが、痛いほど疼いている。

世の中にこんな蕩けるような快楽があるなんて、知らなかった。

「仲彦さん……、動いて、大丈夫ですか？」

どこか苦しげな問いかけに、ん、と迷うことなく頷く。どうせなら、禄朗がくれる極上の快楽を、最後まで味わいつくしたい。

「動きますね」

禄朗の言葉と共に、体内で息づいていたそれが強引に抜かれた。

「っ、あ」

禄朗を包み込んでいた内壁が、嫌だ嫌だと駄々をこねるように、出てゆく熱を引き止めようとする。隙間なくこすれ合う感覚が、初めての快感を仲彦に与える。

「あ……！」

ぎりぎりまで抜かれたそれが、今度は奥まで貫いてきた。淫猥な水音が耳をつく。抜かれるときとはまた違う快感に襲われ、仲彦は全身を震わせた。

再び深くつながったその場所が、ざわざわと蠢く。ゾクゾクと背筋が震える。

初めて味わう痺れるような快楽を受けとめる前に、再び禄朗のそれが引き抜かれた。かと思うと、また強い力で押し込まれる。

少しずつ動きが早くなってゆく。互いの肌がぶつかる音と、粘りを帯びた水音も、次第に激しくなる。大きな波に飲み込まれ、揉みくちゃにされるような感覚に、よがる声が止まらず、伸彦は夢中で禄朗にしがみついた。

「あっ、あ」

「伸彦さん、伸彦さん……！」

その名しか知らないように、熱っぽい声が呼ぶ。

――痺れた。心も体も。

「ろく、ろくろ……、好き」

好き、とくり返した瞬間、乱れた呼吸が重なった。すると、体が自然に禄朗の律動に合わせて動き出す。後はもう、まともな言葉を発することができない。

あまりに気持ちがよくて、よすぎて、頭の中が真っ白になる。

「んん……！」

引き抜かれた瞬間、伸彦は達した。刹那、禄朗が放った熱で下肢が濡れそぼつ。全身が発光したような錯覚に陥り、きつく目を閉じる。

このまま、溶けてまいそう……。

本気でそんなことを思いつつ四肢をぐったり投げ出すと、禄朗が覆いかぶさってきた。体液で濡れつくした熱い肌が、ぴたりと隙間なく密着する。

二人の口から同時に、深いため息が漏れた。

「大丈夫ですか……？」

いかにも満足げな声音で尋ねられ、仲彦はぼんやりとしたまま、ん、と頷いた。強烈な快感に侵されたせいで、思考力が回復しない。

「めちゃめちゃ、よかったです」

汗で湿った髪を撫でられたかと思うと、唇の端や顎に、慈しむようなキスが落ちてきた。くすぐったくて笑う。笑った唇にまた、浅く口づけられる。ひどく気持ちがいい。

今までの比ではない快楽と安堵と歓喜が全身に満ちていることを感じて、仲彦はまたため息を落とした。

「禄朗……」

「はい？」

「凄い、気持ちよかった……」

正直に告げると、禄朗は笑った。

「よかった。俺だけ気持ちようなっても、意味ないですから」

囁いた唇が、首筋に口づけてくる。柔らかな接触だったが、敏感になっている肌には充分刺激的で、仲彦は小さく声をあげた。

「な……、また、したい」

「また、ですか？　今は？」

「今……？」

「もう一回、したないですか？」

禄朗の長い指が耳朶を柔らかく挟み、くすぐるように愛撫する。あまりの快さに、吐息まじりに答える。

「したいけど……」

「けど？」

優しい声が先を促す。

「また、あんなに気持ちようなったら……、俺、どうなってまうか、わからんから……」

怖い、とつぶやくと、ふいにきつく抱きしめられた。筋肉質な硬い体が、二度と離すまいとするかのように四肢を捕らえる。

「……大丈夫ですよ。どんなになっても、俺が側にいますから」

ね、と甘い声で言われて、伸彦は素直にこくりと頷いた。

禄朗がいてくれるのなら、大丈夫だ。怖いことなどない。

投げ出していた腕を広い背中にまわす。それを待っていたかのように、禄朗の手と唇は官能的な動きを再開した。

「晴れてよかったねえ」

「そうですね」

頷いた仲彦は、峰岸に倣って空を仰いだ。晴れわたった薄いブルーの空には、雲ひとつ浮いていない。穏やかな秋の陽光と、緩く吹いてくる冷たい風の対比が心地好かった。

「この分やと無事に終わりそうですね」

「ほんま。天候に恵まれたおかげで、お客さんも予想よりぎょうさん来てくれはったし。これで劇が成功したら言うことなしやなあ」

晴れやかな表情の峰岸に、ええ、と笑顔で頷く。

今日は『カラサちゃん祭り』の最終日。役所にほど近い緑地公園に設けられたステージの前には、老若男女、様々な人たちが大勢つめかけている。間もなく『カラサちゃんとおともだち』が始まるのだ。撮影は広報課の職員が担当するので、仲彦たち観光課の職員がすべきことは、もうない。あとは劇の成功を祈るだけだ。

ステージの脇から観客を見渡した仲彦は、後方の端にいる順に目をとめた。

一週間前、禄朗と二度つながった結果、デパートへ行くことができず、そのままアパートですごした。満足に歩けなかったから、というのが買い物へ行くのをあきらめた最大の理由だが、首筋や手首等、見える場所に鮮やかな赤い痣が残っていたせいもある。そのとき、禄朗に順のことを聞いた。

順君が好きなんは、サダさんなんですよ。

横たわった伸彦のふくらはぎを飽くことなく撫でながら、禄朗は言った。禄朗は伸彦のふくらはぎがお気に入りなのだ。

伸彦は驚きのあまり、ええ！　と大きな声をあげた。それが下肢に響いて顔をしかめると、大丈夫ですか？　と腰から尻にかけて撫でまわされた。触り方がやらしい、と文句を言った伸彦に、やらしい触り方してますから、と禄朗はあっさり返した。

……あの子、おまえのことが好きなんとちゃうんか？

赤面しながら問うと、禄朗は首を横に振った。

違います。順君、かなり前からサダさんのことが好きやったみたいですよ。

叔父さんやのに……？

恐る恐る尋ねた伸彦に、禄朗は真面目な顔で、ええと頷いた。――そういうことも、あるかもしれない。そんな風に思えたのは、禄朗と恋愛をしているからだろうか。

けど、そしたら何でおまえにちょっかい出したんや。

我知らずできた眉間の皺に、禄朗は軽いキスを落とした。

俺と仲彦さんにちょっかい出したんは、八つ当たりてゆうか嫉妬てゆうか、そういうのやったみたいです。自分は長いこと片想いしてんのに、サダさんは順君をそういう目では見てない。望みはゼロや。それやのに俺と仲彦さんは男同士で恋愛してて、しかも幸せそうにしてるんがムカついたみたいですね。

それは、居酒屋で順と初めて会った日のこと。禄朗はバイトが終わった後、次の公演の打ち合わせをするために定家の自宅を訪ねた。夜遅くなったので泊まることになったのだが、そのとき、順に迫られたそうだ。

しかし禄朗は冷静だった。俺のこと好きでもないのに何でやと率直に尋ねたという。禄朗にははじめから、順が自分に恋愛感情など持っていないとわかっていたらしい。一方の順は、禄朗の問いにまともに答えなかった。聞こえなかったふりをして再び迫ろうとするので、仕方なく言ったそうだ。

順君、サダさんのこと好きなんやろ。そのサダさんがいてはるうちで、何でこんなことすんねん、と。

順は真っ青になったらしい。そして禄朗を殴った。

殴られたんか、と目を丸くすると、禄朗は苦笑して頷いた。まあ、たいした力やなかったんでそない痛いこともなかったし、跡も残らんかったんですけど。そんだけ本気やったゆうことでしょうね。

それでおとなしくなるかと思ったが、順は逆に禄朗にまとわりつくようになった。禄朗のアパートで順と鉢合せしたときもそうだ。彼は伸彦と定家が訪ねる少し前に、突然現れたらしい。部屋にあげることを拒絶すると、急に抱きつかれたという。

自分だけが不幸なんは嫌やて言うてました。せやから俺と伸彦さんの関係も壊したる、てね。

禄朗は痛みを堪えるような顔をした。

サダさんちはずっと家庭円満やし、二人目も生まれはる。そういうこともあって、もともと限界にきてたんやと思います。俺が何言われても落ち着いてたんが、余計気に障ったんかもしれません。

ふうんと頷いた伸彦は、車の中で聞いた定家の言葉を思い出した。

僕がどうにかしてやれたらええんですけど、どうにもしてやれへんのですわ。

定家はたぶん、順の想いに気が付いている。気付いていても、どうにもしてやれない。

同時にまた、叔父に怒鳴った後、顔を歪めた順のことも思い出した。彼はたぶん、泣きそうになったのを堪えたのだ。

苦しいやろな……。

伸彦は順を見つめた。一様に楽しげな観衆の中、彼は笑みすら浮かべずステージに目を注いでいる。

順が定家と何を話したかは、禄朗からも定家からも聞いていない。定家には後で改めて謝ってもらったが、順とは顔も合わせていないのだ。緑朗によれば、彼は居候を解消し、自宅に戻ったという。

順を責める気にはなれなかった。恋ができないことも苦しかったけれど、かなわない恋も苦しいだろうと思うからだ。

かなわない恋は、どうなるのか。消える日がくるのだろうか。

消えてしまえばいいなんて、簡単には言えない。人を好きになる気持ちはそれほど単純ではないし、コントロールがきかないものだと、今はもう知っている。

けれど順にも、いつか幸せになれる恋愛をしてほしいと思う。

俺はたぶん、めちゃめちゃラッキーやったんや。

初めて恋をした相手に好きになってもらえるなんて、これ以上の僥倖はない。

伸彦は順から視線をはずし、ステージを見遣った。するとまるで合図でもあったかのように、布で隠された脇から緑朗がひょこっと顔だけを出す。まだカラサちゃんの着ぐるみには入っていなかったようだ。

目が合うと、彼はニッコリ笑った。伸彦も笑い返す。それだけで満たされた気分になる。

俺のこと、無理に信じてくれはれんでええんです。疑うてくれはってかまいません。伸彦さんが疑う度に、俺がその必要はないて証明してみせますから。

緑朗の言葉を思い出し、かみしめる。

禄朗を好きになってよかった。禄朗に好きになってもらえて、本当によかった。

劇の開始を知らせる音楽が鳴って、伸彦は再びステージに目を向けた。隣にいる峰岸もステージを見つめる。

むかーしむかし、と女性の声でナレーションが始まった。

「皆が今、集まっているこの公園に、妖怪の国がありました……」

客の目が一斉にステージへ向かう。

ひょっこりと現れた禄朗のカラサちゃんを、伸彦は目を細めて見つめた。

これからもきっと、初めて恋愛をする伸彦には、わからないこと、信じられないことが山ほど出てくるだろう。

それでも禄朗が側にいてくれるのなら、恐れることなどない。

悪趣味な男

恋人が悩んでいる。

富田禄朗がそのことに気付いたのは、三週間ほど前だ。

その日、禄朗は昨年からぽつぽつと入るようになった映画の仕事を終え、恋人である柾木伸彦の部屋へ向かった。電話やメールのやりとりはしていたものの、顔を合わせるのは約三ヵ月ぶりだったため、伸彦欠乏症といってもいい状態だった禄朗は、おかえりと笑顔で出迎えてくれた彼に、マジックテープよろしくくっついてまわった。その夜の情事が、いつもより濃厚だったことは言うまでもない。ようやく人心地ついた翌日は日曜で、伸彦の仕事は休みだった。おかげで禄朗は丸一日、かわいい恋人を独占することができた。そのときに気が付いたのだ。

伸彦さん、何か悩んでる。

悩んでいるというより、考え込んでいるといった方がいいかもしれない。伸彦は心に思うところがあると、ふとした拍子に黙り込んだり、やけに難しい顔をするのだ。

残暑がまだしつこく残っているとはいえ、十月を目の前にして少しずつ日差しが弱まってきた今も、伸彦の眉間には皺が寄っている。

繊細な造りの横顔を、禄朗はちらと見遣った。視線はテレビの画面に向けられているが、彼が番組をまともに見ていないことは一目でわかる。手に持ったグラスの中のビールも、先ほどから少しも減っていない。考えごとに没頭している証拠だ。

今度は何を考えてんのやろ。

禄朗は思わず笑ってしまった。仲彦は実によく悩む。それも禄朗が想像もしないような理由で、だ。言葉は悪いが、それが禄朗にはおもしろい。見ていて飽きない。

最近、ようやく役者の仕事だけで生活できるようになり、バイトで稼(かせ)ぐ必要がなくなったため、木曜の今日は一日オフだった。一緒に住んでいるも同然の仲彦のマンションで、夕食の準備をして彼が仕事から帰ってくるのを待った。そろって食事をとり、風呂にもそろって入った。

付き合って五年ほどが経(た)つが、仲彦はいまだに風呂に一緒に入るのを嫌がる。情事のときは快楽に流されていて気にならないようだが、それ以外のときに裸を見られるのが恥ずかしいらしい。ただ、仲彦が恥ずかしがっている様(さま)は実にかわいいので、禄朗は我慢できずに入浴中のバスルームに入ってしまう。

今日も例外なく侵入(しんにゅう)すると、仲彦は顔どころか全身を上気(じょうき)させて抗議した。アホ、入ってくんな、と追い出そうとする彼を抱きしめて宥(なだ)めすかして、まんまと体の隅々まで洗うことに成功した後、リビングでくつろいでいたところだったのだ。

しかし仲彦の表情は、くつろぐどころか緊張しているように見える。

次から次から、ようそないに悩むことあるよなあ。

どこまでも難しい表情をしている仲彦に、自然と頬が緩(ゆる)む。

禄朗はあまり悩まない方だ。もちろん、悩みが全くなかったわけではない。ただ、うまくいかないことや不安なことがあっても、それはそれでしゃあないかと受け入れてしまうのである。

一番悩んだのは同性しか好きになれないと気付いたときだが、それも悩んだところで己は変えられないと、早い段階で割り切った。どうしても変えられないこと、つまり悩んでも仕方がないことを悩み続けるより、現在と未来を充実させた方がいいと思ったのだ。所属している劇団の主催者である定家いわく、究極の自然体、らしい。悩まへんけど楽観的とか楽天的とかとは、ちょっと違う。そこがおまえの不思議なとこやな。――そんな風に言われた。

実際、何事に対してもあまり深く悩むことなく生きているので、仲彦のように常に悩んでいる人を見るのは、恋情云々を別にして純粋に興味深い。もっといえば、悩んでいる様そのものが興味深く、おもしろいのだ。だから仲彦が悩んでいるとわかっていても、すぐには彼の悩みの理由を聞かず、しばらく観察してしまう。そうして観察している間に仲彦の方から心の内を打ち明けてくるのが、お定まりのパターンだ。

恋愛できん最悪の欠陥人間とか言い出さはったときは、さすがにびっくりしたな。

恋人として付き合い始める前に聞いた仲彦の言葉を、禄朗は懐かしく思い出す。

二十六年生きてきて、誰も好きになれなかった。だからこれからも、誰も好きになれない。そんな自分は欠陥人間だ。

仲彦のこの理屈に、何でやねん、と禄朗は思った。たまたま好きになれる人がいなかっただけだと、なぜ考えないのだろうか。仮に好きになれないとしても、なぜ自分を欠陥人間などと決めつけるのか。仲彦は社会人としてしっかり働いており、自立している。そこまで思いつめる必要はないだろう。

誰も好きになれないから、結婚できない。

この考えにも、何でやねん、と禄朗は思った。世の中には愛情抜きで結婚する人もたくさんいる。金、地位、名誉、世間体等々。そうした愛以外のものを求めて結婚する人がいる現実を、知らないわけではあるまい。

しかし伸彦は、結婚には愛がなければならないと頑なに思い込んでいた。恐らく今も思い込んでいるはずだ。伸彦の恋愛至上主義的な考え方は、家族や友人等、周囲に恋愛体質の人間が多かったことが主な原因らしいが、彼自身の素直で一途な性格も原因のひとつだろう。

ほんま、不思議てゆうか、おもしろい人や。

恋人が考え込んでいる気配を楽しみつつ、禄朗はやに下がった。緩んだ口許を、ビールをあおることで隠す。

もちろん、悩んでいる人なら誰でも興味深いというわけではない。たとえば今現在、大学を卒業して役者を志している順も、かつて叔父である定家に想いを寄せており、苦悩していた。かなわない恋ほど辛いものはない。彼の痛みは理解できたし、さぞ苦しいだろうと同情した。しかし順自身には、少しも興味をひかれなかった。

なぜなら、順が八つ当たりをしたからだ。関係のない他者に当たるという、自分勝手な行動が気に入らなかったわけではない。彼の八つ当たりが、『望みが全くない片想いをしている人がとる行動』として想像の範囲内に収まってしまっていたため、興味を持てなかったのである。

その点、伸彦は他人に当たったりせず、一人で悶々(もんもん)と悩む。だから何を考えているのかがわかりにくい。また、悩みの内容そのものはもちろん、悩んだ末の行動も、こちらの想像を超えていることが多い。そこがおもしろい。伸彦に伝えたことはないし、これからも伝えるつもりはないが、彼が思い悩む姿はかなりお気に入りだ。

恋人として付き合い始めた当初、伸彦の最大の悩みだった恋ができない状態は解消されたのだから、彼はもう悩まないのではないかと思った。が、そうではなかった。ひとつ悩みを解決したと思ったら、次の瞬間にはまた違う事柄で悩んでいる。どうやら生来(せいらい)、物事を深く考えてしまう性格らしい。

けど、そろそろ何を考え込んでんのか聞いた方がええかも。

伸彦が悩み始めて約三週間。その前の三ヵ月は直接顔を合わせていないので、ひょっとすると、もっと長く悩んでいるかもしれない。いつもなら心の内を明かす頃だが、今回はまだその気配が感じられない。

伸彦が悩む姿は充分堪能(たんのう)した。そろそろ話しやすいように、こちらから水を向けた方がいいだろう。――以前、伸彦にマゾではないかと尋(たず)ねられたことがあるけれど、恋人が悩む姿を眺めるのが好きな自分は、どちらかといえばサドだと禄朗は思う。

「伸彦さん」

優しく呼ぶと、仲彦はハッとしたようにこちらを見た。

「何？」

慌てて作ったとわかる笑みを浮かべた彼の白い頬に、手を伸ばす。そっと触れた滑らかな肌は、幾分か冷たかった。

「せっかく風呂入ったのに冷えてますね。クーラー切りましょか」

禄朗はローテーブルの上にあったリモコンを手にとり、操作した。ついでに数センチあいていた距離をつめ、仲彦の側にぴたりと寄る。

「体も冷えましたか？」

薄い肩を抱き寄せながら尋ねると、大丈夫や、と仲彦は答えた。しかし禄朗の手に抗うことはせず、素直に体を預けてくる。

しっかり肩を抱くと、仲彦は安堵したようなため息を落とした。

「なあ、禄朗。最近家族と連絡とってるか？」

突然出てきた家族という言葉に、内心首を傾げる。

仲彦さんが悩んでんのは、俺の家族に会いたいとか、そういうことなんやろか。

仲彦の肩を擦りつつ、禄朗はゆっくり言葉を紡いだ。

「こないだの敬老の日にシャツを贈ったんで、祖父から礼の電話がありました。オカンからは撮影入る前に電話があったきりです」

「撮影の前言うたら、米とビール送ってくれはったときか」

「ええ、そうです。三ヵ月以上前ですね」

家族には、大学を卒業した翌年にカムアウト済みだ。当初は両親と祖父、兄の家族全員、上へ下への大騒ぎだったが、しばらくすると父以外は落ち着いた。そんな気がせんこともなかったわ、と言ったのは母だ。今は結婚して家を出ているが、当時は実家で暮らしていた四つ年上の兄は学生時代の友人にゲイがいたそうで、別に普通にええ奴やったしな、と言った。祖父もごく若い頃、ゲイの友人がいたという。孫がそうだと知ったときはさすがに驚いたようだが、世の中は広い、そういうこともあるやろうと受け入れてしまった。

唯一、次男は死んだものと考えているのは父だ。息子がゲイであることを、どうしても受け入れられないらしい。父は禄朗がカムアウトする前年に役者になると言ったときも、そんなわけのわからんもんにならすために大学へやったんやない！　と怒り狂った。もともと頭の固い御仁(ごじん)なのである。

とはいえ、父が薄情だとは少しも思わない。世間一般からすれば普通の反応だろう。どちらかといえば、祖父と母と兄の方が変わっているのだ。

家族といっても、それぞれ別の人間である。考え方もそれぞれ違って当然だ。全員とわかり合えるわけがない。祖父と母と兄に理解してもらえただけでも幸せだと禄朗は思っている。

そうした家族との関係は伸彦に話してあるけれど、実際に紹介したことはない。

「伸彦さんは？　六月にお兄さんのとこに生まれはった女の子、顔見に行かはりました？」

「うん、見に行った。めっちゃかわいかった」

心ここにあらずといった雰囲気の返答に、禄朗は眉を寄せる。

まさか、子供がほしいなったとか？

伸彦の望みなら何でも叶えてやりたいけれど、それだけは叶えてやれない。

「禄朗」

呼んだ伸彦の声は真剣だった。幾分か緊張しつつ、はい、と返事をする。

「来週から舞台の稽古が始まるて言うてたよな」

「ええ」

「年明けたら、東京でドラマの仕事が入ってる」

「脇なんで、こないだの映画の撮影みたいに長期やないですけど」

「けど忙しいよな」

「まあ、そうですね。それなりに忙しいです」

禄朗は頷いた。特別忙しいわけではないが、暇でもない。

家族の話をしていたのに、今度は仕事の話だ。いつもなら、そろそろ伸彦の悩みの見当がついてくるのだが、今日はまだ見えてこない。

「せやな、忙しいよな」

独り言をつぶやくように言った伸彦を、注意深く見下ろす。肩を抱き寄せているので、彼の顔は低い位置にある。表情は見えないが、何かを考え込んでいることは容易にわかった。

「どないしたんです？　気になることでもあるんですか？」

優しく問うと、伸彦はハッとしたように首を横に振った。

「や、何もないで」

「ほんまに？」

「ほんまや」

伸彦は大きく頷いてみせる。そうですか、と柔らかく相づちを打って、禄朗は伸彦の額に口づけた。これ以上追及しても、本心を聞けそうにない。

まだ打ち明けるとこまでいってへんてことか……。

今回の悩みは、いつもより根が深いようだ。

珍しくよぎった不安をかき消すために、禄朗は伸彦の肩を抱いていた手を腰に下ろした。パジャマの裾をたくし上げ、素肌に直接触れる。滑らかな手触りの肌に掌を這わせると、伸彦の体は敏感に跳ねた。その反応が嬉しくて、ボタンをはずしながら脇腹から胸へと手を滑らせる。

「ちょ、禄朗」

焦ったように名を呼ばれたが、禄朗は手を止めなかった。薄い胸を飾る小さな突起を探り出し、指先で弄る。途端に、あ、と伸彦が甘い声をあげた。

この五年、手間と時間をかけて快楽を教え込んできた恋人の体は、こちらが期待した以上にいやらしくなっている。そうして禄朗に抱かれて理性を完全に飛ばした後の仲彦は、ひどく素直になるのが常だ。深刻な悩みごとであっても、情事の後なら話してくれる可能性が高い。

「あかんて、俺、明日仕事が……」

体重をかけてゆっくりソファに押し倒した仲彦を、禄朗は改めて見下ろした。

切れ長の涼しげな目許は、早くもうっすらと色づいていた。淡い色合いの唇にくり返しキスをすると、食べ頃の果物のように濃く染まることを、禄朗は知っている。その繊細さから若く見える面立(おもだ)ちは、三十をすぎているようには見えない。

やっぱりカワイイなあ、仲彦さん。

一途に見上げてくる仲彦が愛(いと)しくて、自然と頬が緩む。映画やドラマの仕事が入るようになって様々な人と会う機会が増えたけれど、仲彦以上にかわいいと思う人、そしておもしろいと思える人には遭遇(そうぐう)したことがない。

「仲彦さんは、したないですか？」

首を傾げて問うと、仲彦は言葉につまった。その顔は真っ赤だ。

したいと言っているも同然の反応に、禄朗は体の芯(しん)が痺(しび)れるように熱くなるのを感じた。

「一回だけしましょう」

ね、と甘く囁(ささや)いて覗き込むと、仲彦は小さく頷いた。

一刻も早く仲彦とつながりたい。そして極上の快楽を与えてくれる彼の熱い場所を、思う存分味わいたい。

禄朗は逸る気持ちを抑え、大きく脚を開かせた仲彦の体内に、己の劣情をゆっくりと含ませた。その動きに合わせて、仲彦の唇から艶やかな悲鳴が漏れる。

指で充分に蕩かせた内部が待ちかねたようにからみついてきて、思わず喉が鳴った。

「ろく、禄朗……」

震える指先が、縋るものを探すように肩口に伸びてくる。奥深くまで貫きつつ上体を差し出すと、仲彦は色を帯びた嬌声をあげ、夢中な様子でしがみついてきた。

見下ろす位置にある彼の劣情が切なく震え、欲の証を滴らせるのを目の当たりにして、激しい情欲だけでなく、胸を焼くような愛しさと歓喜が込み上げてくる。

仲彦さんも、俺をほしがってる。

仲彦とのセックスは、変わった体位をとるわけではないし、変わったプレイをするわけでもない。しかし倦怠とは無縁だ。とにかく気持ちがいい。一緒に風呂に入るのを恥ずかしがることもそうだが、仲彦が初々しさを失わないせいか、こちらもセックスを覚えたばかりの少年の

ように際限(さいげん)なくほしくなる。

「動いて、大丈夫ですか？」

掠(かす)れた声で尋ねると、ん、と伸彦は頷いた。首筋にまわった腕に、きゅっと力がこもる。

素直な仕種(しぐさ)に我知らず笑み崩れながら、禄朗は緩(ゆる)やかに動き出した。

「あっ、あ」

切れ切れにこぼれる伸彦の甘い声と、動く度(たび)にあふれる淫猥(いんわい)な水音、そして己の荒い息遣(いきづか)いが室内を満たす。それらの音に煽(あお)られて少しずつ大胆な律動(りつどう)に変えてゆくと、伸彦の細い腰が、より強い快感を求めて揺れ始めた。恋人が理性を飛ばして快楽を求めるこの瞬間が、禄朗はたまらなく好きだ。

「気持ち、いい？」

動きを止めずに尋ねると、伸彦は腰を揺らしつつ、何度も首を縦(たて)に振る。

「ん……、もっと……」

ねだられるまでもなく、禄朗は誘うように蠢(うごめ)くその場所を、強い力で突き上げた。刹那(せつな)、宙に浮いていた伸彦の足先が跳ね上がる。同時に、一際(ひときわ)艶めかしい悲鳴が漏れる。

つながる前に全て脱がせたので、伸彦の裸身は余すことなく視界に入ってきていた。ほんのり上気した白い肌が悶(もだ)える様は、淫(みだ)らなくせにどこか無垢(むく)な印象があり、数え切れないほど体を重ねた今も、禄朗をひどく興奮させる。

「仲彦さん……！」
禄朗は我慢できず、突き上げてきた情欲のままに仲彦の体を貪った。

ポケットから携帯を取り出した禄朗は、時刻を確かめた。午後七時をまわっている。もうすぐ仕事を終えた仲彦が、目の前の建物——市役所から出てくるはずだ。日は既に沈み、オレンジの空は群青色に支配されつつある。少しずつ出てきた風は、秋が近付いていることを知らせるように冷たい。上着を着てきて正解だった。

昨夜、短いながらも濃厚だった情事の後にも、仲彦は悩みを打ち明けなかった。今朝マンションを出るときも、物言いたげな視線を向けてきたものの、何も言わなかった。今回の悩みは、いつもより深刻らしい。

悩んでる仲彦さんがカワイイからて、様子見すぎたかも……。

今日一日、禄朗にしては珍しく後悔し、反省した。それだけでなく、仲彦の悩みごとが気になって仕方なくて、いつもは一度読むだけでするすると頭に入ってくる芝居のセリフが、何度読んでも覚えられなかった。そして結局、夕食の準備もそこそこに仲彦の職場まで来てしまった。こんな風に居ても立ってもいられなくなるなんて、生まれて初めてだ。

伸彦を待ちながら、禄朗は情事の前にかわした会話を改めて思い返した。

昨夜、伸彦が尋ねてきたのは家族のことと仕事のことだ。

俺の家族に会いたいんやろか。それか、伸彦さんの家族に会いに行ってほしいんか。

どちらもお安い御用だし、むしろそうできたら嬉しい。

……いや、もしかしたら、もっと大変な悩みかもしれん。

たとえば、役者の仕事が増えた禄朗と会える時間が少なくなったことで寂しさと不安がつのり、いっそ別れたいとか。あるいは、子供がほしいから同性である禄朗と別れたいとか。

連続で湧いた不吉な考えに、禄朗はぞっとした。我知らず全身が戦慄く。伸彦と別れるなんて、想像だけでもしたくない。

今日は無理してでも、伸彦さんの悩みごとを聞こう。

一人決めていると、禄朗？　と呼ぶ声が聞こえた。職員用の出入り口から、待ち人である伸彦が出てくる。

「お疲れさんです」

いつのまにか強張っていた顔を意識して緩めると、伸彦はさも嬉しそうに笑った。

ああ、カワイイなあ、と禄朗はしみじみ思う。付き合って五年が経つというのに、迎えに来ただけでこんなに嬉しそうにしてもらえるなんて幸せだ。

小走りに駆け寄ってきた伸彦は、首を傾げてこちらを見上げてきた。

「迎えに来てくれるて言うてたっけ？」

「いえ。仲彦さんの顔が早よ見たなって」

満更嘘でもないことを口にすると、仲彦はうっすらと赤くなった。

「おまえのそういうとこ、凄いよな」

「そういうとこて？」

「付き合うて五年も経ったら、そういうこと言わんようになる人が多いやろ」

ああ、と頷いた禄朗は、そうですね、と応じつつ笑ってしまった。つい先ほど仲彦自身も、付き合って五年の男が迎えに来ただけでひどく嬉しそうな顔をしたばかりなのだが、自覚がないらしい。

この人はほんま、素でカワイイ。

改めて実感しながら、禄朗は仲彦の背をそっと押した。仲彦が自転車を停めている駐輪場へと並んで歩き出す。

「ほんまのことやから、五年経っても十年経っても、もっと経っても言いますよ」

「もっと経っても？」

「はい、もっと経っても」

頷いてみせると、仲彦はまた嬉しそうに笑った。その笑顔に曇りはない。とりあえず、別れを考えているわけではないようだ。

よかった……。

思わず安堵の吐息が漏れる。わずかに緊張していた体からも力が抜けた。

心底ほっとしている自分に気が付いて、禄朗は少し驚いた。随分前からかつてないほど仲彦に惚れている自覚はあったが、どうやら自分が思っていた以上に、彼に参ってしまっているようだ。仲彦の初恋は禄朗らしいが、もしかすると自分も、初恋に似た特別な感情を仲彦に対して持っているのかもしれない。

無性に照れくさいような、それでいて嬉しいような心持ちになった禄朗は、自転車を出してきた仲彦に、軽い足取りで歩み寄った。

「俺がひきます」

「そか？　ありがとう」

仲彦は素直にハンドルを渡してくれた。再び肩を並べて歩き出す。

カラカラカラ、という自転車のタイヤがまわる音が耳に心地好い。頬にあたる冷たい風すらも快かった。仲彦さん、と呼んだ声が自然と弾む。

「昨日、気になることはないて言うてはったけど、ほんまはあるんでしょう」

ちらと見下ろすと、仲彦は言葉につまった。が、すぐに苦笑する。

「おまえは何でもお見通しやな」

「そんなことはないですけど」

仲彦さんが俺と別れるつもりがないことはわかったけど、何を悩んでるんかはわからんし。

心の内だけでつぶやいてから、更に尋ねる。

「何を気にしてはるんですか？　聞かしてください」

低くうなった仲彦は、やがてため息を落とした。どうやら話す気になったようだ。

「外やと話しにくいし、うち帰ってから話すわ」

はい、と禄朗は頷いた。別れ以外の悩みごとなら、どんなことでも受けとめる自信がある。

マンションへ向かう足取りは、やはりこの上なく軽かった。


「仲彦さんのうちに、俺が、ですか？」

箸（はし）を止めて尋ねると、うん、と仲彦は遠慮がちに頷いた。十分ほど前に向かい合って始めた食事だが、仲彦の箸もいつのまにか止まっている。

「いっぺんでええから会いたいんやて」

兄の子供を見に行ったとき、両親とも顔を合わせたという。付き合っている人がいるなら一度うちに連れてきなさいと言う両親を、仲彦は適当にごまかした。しかし二人は食い下がった。なぜ連れてこないのかと問いつめられたらしい。相手に迷惑がかかるから会わせることはできないと答えると、不倫をしているのではないかと疑われたそうだ。二人がかりで、いくら好きでも不倫はだめだと見当違いの説教を始められ、とうとう付き合っているのは同性だと言ってしまったという。

もう五年付き合っていて、今も良好な関係にあると聞いた両親は、ぴたりと黙り込んだ。それきり一言も口をきかなくなった二人を残し、仲彦は絶縁覚悟で実家を出たそうだ。

「あの、無理やったらええで」

おずおずとこちらを見た仲彦に、いえいえ、と禄朗は大きく首を横に振った。

「無理やなんて全然。喜んで行かしてもらいます。仲彦さんのご両親に挨拶できるて、めちゃめちゃ嬉しい」

正直な気持ちを言葉にする。今のままでも充分幸せだけれど、両親に認められるイコール名実ともに仲彦を手に入れられる気がして嬉しい。

すると仲彦は眉をひそめた。

「ほんまか？　嫌やったら嫌て言うてくれてええんやで」

「ほんまに嬉しいです」

大きく頷いてみせると、仲彦はあからさまにほっと息をついた。

曇っていた顔つきがきれいに晴れるのを見て、ああ、カワイイなあ、と思う。

「それにしても、愛があるんやったら同性でもええて凄いですね。さすが大恋愛の末に結婚しはったご両親や」

仲彦の笑顔を見て幸せな気分になりつつ、禄朗はしみじみと言った。己の父とは大違いだ。

ようやく食事を再開した仲彦は苦笑する。

「俺もあそこまで恋愛至上主義やとは思わんかったから、びっくりした」

付き合っているのは同性だと告白してから一ヵ月ほど経った頃、父親から電話がかかってきたという。

五年も付き合うてんのやったらほんまもんや。おまえがそこまで好きな相手やったら、父さんも母さんも反対せん。せやからとにかく、いっぺんうちに来てもらいなさい。

落ち着いた口調で言われて、てっきり怒鳴られるなり泣かれるなりされると思っていた仲彦は、逆に焦ったらしい。

や、あの、でも、相手の人、ちょっと特殊な職業の人で。

咄嗟にそんな風に答えたそうだ。

「役者て特殊ですかねえ」

揚げだし豆腐を天つゆにひたして言うと、仲彦は笑った。

「うちは家族全員、普通の会社員やからな。親戚も会社員とか公務員しかおらんし」

特殊な職業と聞いて、仲彦の両親は興味をそそられたらしい。役者だと知ると、そんな人とどこで知り合ったのか、どうして親しくなったのか等々、いろいろなことを聞かれたという。

「ご両親から連絡があったん、八月頃ですよね。電話したときに言うてくれはったらよかったのに」

禄朗は茶碗に盛った炊き込みご飯を、順調に減らしながら言った。自作の料理が殊更旨く感じられるのは、仲彦の悩みごとがこちらにとって願ってもないことだったからだ。

「大事な撮影の最中に、そんな話できんやろ」

仲彦のかわいい返事に、禄朗はやに下がる。

「そしたら撮影終わって帰ってきたときに、言うてくれはったらよかったのに」

「それは……」

言いかけて、仲彦は口を噤んだ。再び箸が止まってしまう。

こちらも箸を止め、うん？　という風に覗き込むと、仲彦はうつむき加減になった。

「親に会うてくれなんて言うたら、重いかな思て……」

小さな声で言われて、禄朗はまじまじと仲彦を見つめた。どうやら禄朗に拒絶されることが怖くて言い出せなかったらしい。

仲彦はいまだに、自分は一生、禄朗以外を好きになれないと思い込んでいる。これがきっかけで別れることになったらどうしようと考えて、鬱々としていたのだろう。俺には禄朗しかおらんのに、と思いつめていたに違いない。

別れるなんて、そんなことありえへん。

先ほど改めて自覚した仲彦への想いは、五年前より遥かに深くなっていた。こんなに強い想いは誰にも抱いたことはないし、これから先も、仲彦以外には抱くことはないという確信がある。仲彦はやはり特別なのだ。仲彦は禄朗の中にある恋人の存在を――禄朗の仲彦への想いを、軽く見すぎている。

「全然、重ないですよ。さっきも言いましたけど、ほんまに嬉しいです」

想いを込めて言うと、仲彦はちらとこちらを見た。

「ほんまか？」

はい、と頷いてニッコリ笑ってみせる。

すると仲彦も、ほっと息をついて笑った。

「そしたら半日でええし、都合つく日を言うてくれ」

「わかりました。けど緊張するなあ。何か手土産あった方がええですよね。仲彦さんのお父さんとお母さんの好きなもんて何ですか？」

「気ぃ遣てくれんでええで。会うてくれるだけで充分や」

首を横に振った仲彦に、禄朗は真面目な顔で言う。

「ええことないです。せっかく会うんやから、ちょっとでも気に入られたい」

「気に入られるて、うちの親にか？」

「もちろん。他にいてはらへんでしょう」

やはり真顔で答えると、はは、と伸彦は声に出して笑った。かと思うと慌てたようにうつむき、空いていた左手で目許を押さえる。

泣くほど不安やったんか……。

やはりもう少し早く、彼の本心を聞き出すべきだった。

申し訳ない気持ちと同時に、言い様のない愛しさが湧く。ぐず、と鼻を鳴らした伸彦を、性懲りもなくまた、カワイイなあと思ってしまう。今、伸彦は禄朗が好きで、別れることにならなくてよかったと安堵して泣いているのだ。禄朗を想うが故に、悩んで悩んで悩み抜いた末の泣き顔である。かわいくないはずがない。

——俺はやっぱり、ちょっとサドかも。

「伸彦さん」

呼んだ声は、自分でもどうかと思うほど甘かった。

手の甲で目許を乱暴に拭った伸彦は、ごめん、と小さな声で謝る。

「何で謝るんですか。伸彦さんが謝ることなんかない」

伸彦さん、と禄朗は再び甘い声で呼んだ。

「好きです」

炊き込みご飯、揚げだし豆腐、鶏の照り焼き、きゅうりとワカメの酢の物、かきたま汁。

ごく庶民的な料理が並んだテーブルで向かい合った状態では、些か甘すぎる告白に、伸彦はゆっくり瞬きをした。濡れた睫が上下に動くのがわかる。次の瞬間、彼は耳まで赤くなった。

「……俺も、好き」

初めて告白をする少年のように震える声で囁いた恋人に、禄朗の頬はますます緩んだ。

今日は金曜で、明日は土曜日。仲彦の仕事は休みだ。禄朗も一日オフである。

今晩は、いっぱいしよう。

禄朗は心の内で決意した。仲彦が思い悩んでいる様も、悩みごとが解決したときに見せる晴れやかな笑顔も、恋人を想って泣く様子も好きだが、同じぐらい、快楽に溺れて喘ぐ姿も好きなのだ。昨夜の一度だけの情事では足りなかった分を、思う存分満たしたい。満たされたい。

「食べましょう仲彦さん」

ニッコリ笑って言うと、ん、と仲彦は頷いた。顔は赤くなったままだが、素直に食事を再開する。先ほどまでより箸の進みが速いのは、彼が心から安心した証だろう。

こちらも嬉しくなって再び食べ始めると、仲彦が声をかけてきた。

「この炊き込みご飯、旨いな。鶏肉にもよう味が染みてる。俺これめっちゃ好きや」

「そうですか？　よかった」

「……禄朗？」

「はい」

「何か急いでる？」

怪訝(けげん)な口調で問われて箸を止める。

鶏の照り焼きから伸彦に視線を移すと、彼は不思議そうな顔をしていた。

「急いでるように見えますか？」

「うん、まあ。何となくやけど」

伸彦は首を傾げてから頷く。

なぜそんなにのんびりしているのかと聞かれたことは何度もあるが、急いでいるのかと問われたことはほとんどない。もしかすると、生まれて初めてかもしれない。

「伸彦さん」

「ん？」

「愛してます」

真顔で言うと、伸彦は目を丸くした。ただでさえ赤かった頬が、更に赤くなる。

恋人の上気(じょうき)した顔を目の当(まあ)たりにした禄朗は、今晩はいつも以上にがんばろうと、改めて気合を入れたのだった。

あとがき

久我有加

お楽しみいただけましたでしょうか。

お楽しみいただけたなら、幸いです。

とても優しいけれど、実はその優しさはSな気質から生じている、ちょっとややこしい性格の攻が書きたい！　という欲望のもとに生まれたのが、本書の攻、富田禄朗です。そして禄朗に合う相手を考えた結果生まれたのが、柾木伸彦です。いつもはカップル二人の性格を同時に思いつくことが多いのですが、今回は珍しく、攻ありきでした。

そんな破鍋に綴蓋なカップルの物語。

読んでくださった方に、少しでも気に入っていただけることを祈っています。


物語を考えるとき、やはりボーイズラブですので、モエが原動力になります。

しかしここ数年、このモエがかなり変動しています。

前に雑誌のコメント欄にも書かせていただいたのですが、絶対モエる！　と思ったものにモエなかったり、反対に、あまりモエないと思っていたものに意外なほどモエたりするのです。

前述した通り、禄朗は「性格がソフトSな攻」モエ（……）から生まれた人物ですが、これも以前にはなかったモエでした。

ちなみに「性格がソフトSな攻」モエは今も続いており、うっかりすると、そういうタイプの攻ばかり書いてしまいそうになるため、「生真面目すぎてヘタレな攻」モエや「ツンデレ攻」モエ、「受になるつもりなんて全然なかったのに、いつのまにか受になっちゃってた受」モエ等でブレーキをかけています。

私の場合、モエはモエでしか止められないようです……。

最後になりましたが、お世話になった皆様方に感謝申し上げます。

編集部の皆様はじめ、本書に携わってくださった全ての皆様。ありがとうございました。特に担当様にはご面倒をおかけしてばかりで、心苦しく思っております。これからもがんばりますので、よろしくお願いいたします。

富士山ひょうた先生。お忙しい中、挿絵を引き受けてくださり、ありがとうございました。伸彦と禄朗をかっこよく描いていただいたばかりか、カラサちゃんストラップまでかわいく描いていただけて、とても嬉しかったです。

支えてくれた家族。ありがとう。いろいろ申し訳ないです。

そして、この本を手にとってくださった皆様。心より感謝申し上げます。もしよろしければ、一言だけでもご感想をちょうだいできると嬉しいです。

本書は、わたくし久我の二十冊目の文庫です。デビューさせていただいて約八年。もう八年も経ったのかと自分でも驚いています。今日まで無事にこられたのは、応援してくださる皆様のおかげです。本当にありがとうございます。

これからも精進いたしますので、どうぞよろしくお願いいたします。

それでは皆様、お元気で。

二〇〇八年七月　　久我有加

ふじつなおとこ
不実な男

この本を読んでのご意見、ご感想などをお寄せください。
久我有加先生・富士山ひょうた先生へのはげましのおたよりもお待ちしております。
〒113-0024 東京都文京区西片2-19-18 新書館
[編集部へのご意見・ご感想] ディアプラス編集部「不実な男」係
[先生方へのおたより] ディアプラス編集部気付 〇〇先生

初 出
不実な男：小説DEAR+ 07年ナツ号（Vol.26）
厄介な男：小説DEAR+ 07年アキ号（Vol.27）
悪趣味な男：書き下ろし

新書館ディアプラス文庫

著者：**久我有加** [くが・ありか]
初版発行：**2008年 8 月25日**

発行所：株式会社**新書館**
[編集] 〒113-0024 東京都文京区西片 2-19-18 電話(03)3811-2631
[営業] 〒174-0043 東京都板橋区坂下 1-22-14 電話(03)5970-3840
[URL] http://www.shinshokan.co.jp/
印刷・製本：**図書印刷株式会社**

定価はカバーに表示してあります。乱丁・落丁本はお取替えいたします。
ISBN978-4-403-52195-9

新書館ディアプラス文庫